東課樓經變

費瀅——著

推薦序

最好的時光

朱天心

費瀅這本書，足足花了我一個月讀完，包括當年已讀過三遍的中篇〈東課樓經變〉。

是生冷乾澀以致於難讀慢讀？正正相反的是，我像幼時偶得一好吃透了的棒棒糖，不捨得一口氣吃完，每天吃一兩口，停停想想回味，害怕終將面對它的最後一頁。

這一個月，我回到所謂文學最好的時光，是唐諾描述過的「文學是人的生活基本事實」（很巧的，這本書的推薦序文初時是費瀅交給我和唐諾負責，我們深感榮幸的禮貌客氣的彼此推讓一番，我最終被唐諾說服「不要讓我一篇勢必生冷艱澀的大塊文字阻斷了費瀅那麼好看的內文吧」）。

關於「文學是人的生活基本事實」，唐諾原文是，「今天，專業的問題不必文學回答，遠方的新鮮事物不靠文學描繪遞送，革命不須文學吹號，好聽怡人的故事再不由文學來講，甚至，人們已普遍不自文學裡尋求生命建言，不再寄寓情感心志於文學作品之中，文學早已不是人的生活基本事實。」

是的，我生於、長於、老於那曾經的昨日世界，透過那些了不起的作家們（我不一一列名，深怕不慎遺漏掉任何一位），我認識世界，或該說，認識世界並不只於肉眼當下所見的那一個，如此，叫人比較願意活些。

當初驚倒、迷倒一票台積電文學大賞評審們的〈東課樓經變〉是，〈naga〉是，〈朝天宮〉是，是曾悠遊於那最好的時光才可能有的作品，它天才洋溢、自在揮灑，卻又再正經八百不過的講著「人不中二枉少年」的天真之事，那巨大的反差所撐飽欲炸的張力好看極了，是我個人最喜歡的一種小說配方。是這樣的，多年來，我閱讀小說有一偏見，我喜歡「現實與虛構奇想成分比例配方恰當」的小說，或該這麼說，純粹的奇想虛構乃至抽離於現實的平行世界是很難看的，而貼著現實如勾勒地平線的寫實也叫人讀著想銳叫「我沒長眼睛不會看嗎？要你來說！」

我喜歡那現實的地基打得好深、抓地力十足的奇想虛構，那樣的角力於現實（無論落敗或基於自尊不願馴服的翩然返身離去）的飛翔離去之姿是動人的、可觀的。

費瀅具有我覺得最理想的小說配方，我不知她如何辦到的（她年紀還小海盟一個月），卻有雙比我老靈魂的眼洞察世事，刻在法國巴黎高等實踐學院就讀博士的她，花更多的時間在古物研究甚至買賣上，她是我們一個LINE群組的小老師（每一個年紀都比她大），每早她巴黎那裡老市場買菜回家切洗上爐等吃時就與晚飯後亞洲的我們上古物課，如po一張如咖啡糖一樣的瑪瑙或天珠的歷史地理或與她買賣的伊朗人和古物坑畔的一家子的故事。

一四年夏，她照例返南京探親前過境台北，且訪友且看看不景氣好久了的台北古物市場可又有珍稀釋出，我們一群大人抓機會一起晚餐吃喝聽她啥都聊的彷彿當年只要阿城來台北時一樣（我和天文背地裡都喊她小阿城），未料一個月後她返巴黎前再過境台北一停的八月中，她照眼見我才一個月不見卻變個人，那之前數日，發生我的橘子貓被一群野狗咬死一事，我傷心驚狂到無法回神無法掉淚，費瀅靜靜看著我，沒來由的說起一兩年前她在南京聞圈內人報信黑裡趕至某一挖到六朝遺跡的工地，眼睜睜看著那怪手一爪一爪搗碎那些千百年來的文物，「天心，你睜眼看那些那樣珍貴美好的物事就這樣不能復返了。」下來。

我當然知道她在講橘子事，我沒被她說服，但發狂了幾天的人的心，平息

一二年夏，我和唐諾應邀去上海世紀文景參加他們的出版社十年社慶（那也是至今為止我最後一次去中國大陸），離滬前夕，費滢、君寧、志凌、常青、小熊席地於我們旅館房間地板聊天不散，那夜是費滢與唐諾點評並相互印證法國近現代的哲學家們，最終她竟和唐諾不約而同最喜歡的是那六九年青年們口裡「寧願和沙特一起錯，也不願與阿宏一起對」的雷蒙阿宏。告別時，兩人擊掌「再見面時約定要有新的可聊！」

不只可聊，每回見面，費滢且還幫我們望聞問切一番並建議藥方，她家是世代中醫，父親費振鍾是著名的作家評論家。

……

這些作品之外的線索，也許讓我們有機會理解作品自身所呈現的絕非炫學炫技、但令人得慢讀品索的豐富面貌，關於炫學炫技，「遠方的新鮮事物」有

撒哈拉沙漠和冰島的臉友時刻講述，「專業的問題」有谷歌百度大神可拜，「革命」有一長列的政治正確可依循，「生命的建言」有自成文類的雞湯書和網紅們不時似識似詩之語可服用……，所以我說的當然不是這款的「文學」。

如果，「現實即真理」，那麼大多數不肯馴服於現實的作家們不是各以自身的能力、才分、道行和信念價值在寫各自的經變變文嗎？（漢傳佛教中，以繪畫形式通俗地表現深奧的佛教經典稱為「經變」，用文字講唱手法稱為「變文」），而變文／經變正是費瀅私下的興趣和研究。

或許曾在大化的某一段時間、某一處（巴黎、南京、興化老家、東課樓），費瀅像一個敦煌的抄經人解經人修道人或放星人（費瀅的句子「月亮旁飛個星星，我便是那個放星人」），了不起且天才洋溢的完成了她自己的經變文。

目錄

推薦序
最好的時光／朱天心……003
東課樓經變……011
naga……155
朝天宮……219

東課樓經變

1，1

我在廖仲愷墓上方的某個樹林裡，事實上，我並不知道自己在哪裡。我也不知道時間，只好取出背包夾層裡的收音機。訊號微弱，我拽出天線，在幾棵樺樹與楓樹（其實鬼曉得是什麼樹）旁邊轉來轉去，最後，收音機閃著黃燈，顯示快沒電了。某個男聲避過噪音，播出一段墓地廣告，以此可推測，這是整點或半點，只有這兩個時段電台會播出廣告。到了夜晚，沒有燈光、時鐘、電視，時間就會果斷拋棄我們，現在幾點鐘？黃燈滅了。我又拿出第二個收音機，調整到同一波段，背靠著一棵樹坐下。那時，我超迷收音機的。

剛才沒有電的那一只是十年前（從現在數起）德生牌收音機的最新型號，外型簡練，銀色與黑色搭配，喇叭殼上的小孔呈水波狀散播，這款短波一流。我一般將它安好擺放於書桌左邊，聽英文，我手指滑動，它紋絲不動接收到各類傳教節目，標準女播音腔主持的福音廣流傳，一段中文，一段英文講《聖經》。而現在這只，我愛躲在棉被裡使用它，聽大眾喜聞樂見的音樂台，夜裡十一點我睡去，兩點多又偶然醒來，心理解析，感情糾紛，不孕不育熱線仍源源傳送著聽眾纏夾不清的告白。我聽著，直到，雪花噪音滋滋作響，再也收不到訊號了，方才重又睡去。

眼下，它正熱播金曲。十年前的金曲，沒什麼好聽的。背靠一棵樹，背包放手邊，水瓶早已喝空，我在廖仲愷墓上方的樹林，或者只是我這麼想，實際早已不曉得偏到什麼方位去了。

平日裡聽收音機時那樣遙遠又親熱的感覺還在，我亦無慌張，不過按理說，幾個小時前應當會碰到一票同學的。我膝蓋處有一只無線電接收器，是為了找到藏在附近的電台，接收器無動靜，無訊號。

我將收音機的聲音調得好小，貼在耳邊，像夜間躲在棉被裡。是初秋，附近不曉得哪裡有一株桂花，空氣甜而冷，還有一種秋天特有的峭立的岩石氣息。我閉上眼睛。金曲時間好漫長。

可明明昨天苗笛打給我，說無線電社團的老師一般都把電台藏在這附近。

「我打聽過了，連續三年放在那墓旁，你先過去，假裝接收到一段訊號，等同學們逐漸靠攏……唉唉，其實初學者都能找到電台，我知你找不到，沒關係，你看到其他人便立刻也作尋覓狀，然後，媽的，滴滴滴，就在那裡，你再表現得好驚喜，嘩，找到了——蒙混過關。」

苗笛是我打乒乓球的球友，我們還一起參加橋牌、高爾夫和馬術興趣小組。那一年學校不知怎麼了，妄圖將我們的課餘時間統統占滿，好讓我們在一週的其他時間內精力全失嗎？我們遂週末聚夥於食堂打橋牌，長桌子上坐兩隊共八個人，打完一局交叉更換牌友。日漸覺得好無趣，再去體育館搶老爺爺的位置揮空桿，幻想自己能揮出老虎・伍茲那種球（兩年後，我仍可正確握桿，苗笛則偷出球桿，砸碎對面中學某個活鬧鬼[1]的腳骨，這皆是後話）。至於馬術，我們共三十九個人去到市郊的馬場，那馬場僅有一匹瘦骨老馬，鬃毛極長。漫漫上午，我們在乾草堆旁，隔著馬廄的欄杆輪流摸牠的鬃毛，餵牠吃笑瞇瞇牌玉米糖。直到二十歲，苗笛也沒有真的坐上過馬背，可他卻能說出馬匹鬃毛的觸感，這成為他慣常使用的騙人橋段之一。

再之後呢，我們一起加入無線電社團。

因為我那時超迷收音機的。

1，2

週六傍晚的學校幾乎沒有人。我們碰到幾個很屌的住校生，他們瞇著眼，放鬆骨骼，拎著鐵飯盒從我們眼前遊過去。沒辦法，對這處所在，他們比我們懂得多。我們只是白天生存在這裡的動物而已，一到晚上，大家就會紛飛離去。我經常想像一幅黑色退散的圖景，黑色密度首先變小，變為灰黑，然後，顆粒變粗，白色顯露，我們像裝了定時器的敲鼓小人，沿各路疏散。

也有幾個固執的黑點，在操場邊梭巡或靜止。傍晚學校好寂寞，週六傍晚則加倍寂寞，我在廖仲愷墓上方的樹林還沒有這般寂寞。我和苗笛停在大片紅色塑膠跑道的邊緣，像兩粒汗跡，太陽變色，這一個含混時刻，茶水暮色籠罩在樹梢上，學校的空曠之外為週末出門晃蕩的熱熱鬧鬧人群，聲音像開水沸騰，一開始動彈極小，一個氣泡破裂，十幾個氣泡破裂，其後，逐漸鼓譟，順由寥落操場的上空降落，直

①活鬧鬼：南京話，意指小流氓。

撞擊入我們耳朵裡。身邊默立的杉樹是三千年前便存有的物種，不曉得下個年限中，它們會不會變成包含著我們這兩粒黑色的化石。我和苗笛在亂想此種種，想自己分層進入泥土岩石中，印在塑膠的白線格上，與杉樹一樣，被巨大的時間演化分為一段一段可燃燒的炭。

我們都沒說話。按照以往的習慣，這該是最自由的時刻，不過呢，也很有可能會碰到清潔工、除草工、校園巡警三位一體的阿麻。

由馬場過江而歸，一班破車開得七零八落，屢次把我們震得飛起來，而之前的其他三十七人像是突然消失一般，老馬先前蹄跪下，然後緩緩臥倒，表示牠好累，小朋友們一哄而散。切，只剩我等二人，苗笛在馬廄前坐著，我繼續剝糖紙，把糖塊塞到馬的方形門牙中，馬的眼睛仍然像牠在年少時，是光潔的茶色，也像一顆隨時滑落的大露珠。我們把乾草段折成各種形狀，聽老馬把糖咯咯嚼碎，苗笛便講：

還有沒有一顆。

我剝好遞給他，方形眼鏡男孩總穿著中山裝式樣的校服，勒住他微胖的肚子，他把糖含在嘴巴裡，在舌頭間打轉，也吃得咯咯作響。鬼知道我為什麼要和他混一塊兒玩。他本當也屬於到了時間，就「啪」一下消失的木偶學生，十年也遇不到那種。可能是那天黃昏，我、他、阿麻三人在操場上玩捉鬼遊戲的緣故吧。

阿麻時不時在空曠的時間中閃現。比如我走在四樓長廊，閒極無聊，每經過一個教室，都腳踢鐵門的時候，就會聽見自一樓狂奔而上的腳步聲，是了，就是他。我將腳步放輕，只用輕功中所謂的足弓反彈力走路，直直連下兩層，一擰身躲入辦公室左手的茶水間。幾乎一週有三次這樣的你捉我藏的把戲，阿麻知有人在，決計不會是住校生，可他就是逮不到我。我有終極遁逃法寶——女廁所。

而某個黃昏，我們終於在操場的環形跑道相遇了，又是千篇一律的暮氣，空氣裡的失落（由於空曠造成的一種自然失落）冉冉從杉樹頂上升起來，覆蓋初升的月亮，使它變成一顆模糊果實。紅色操場在白色和藍色的光影間閃動，我與阿麻相隔四百米。他轉頭與我相對跑，我則果斷轉身和他同向跑，轉身，轉身，我們在白線上循環跑。除非體力枯竭，否則他永遠沒有逮到我的可能。幾個月之後，我走進這城裡更大的地下迷宮，才知道如此這般時間遊戲還可以玩得更 high，更壓榨精力直至一滴不剩。夜風像是從腳下升起的，我微微側身，風從我褲腳裡爬上去，鼓盪我心臟，阿麻一言不發跑在我身後。

我已聽到阿麻在身後上氣不接下氣，而我骨骼叫囂亦快到極限，肚子好餓。我八百米考核從沒有及過格，每次都只跑半圈就懶懶開始走起來，這一次應是最佳水平。可是，就當我跑至操場邊的某個缺口時候，苗笛出現了，他像是突然從一個夢境裡走出來的男孩，不曉得是他自己的，還是我的夢境，總之是在夢順利進行時的一個 bug，否則跑步的夢將一直延續，一直到當機。

苗笛臉上有種迷糊的表情，在那個表情出現時，我才將他當作朋友。總之，他站在缺口邊，待我從他身旁跑過，一把拽住我的書包。

操。

我保持身子向前，要用力掙脫。苗笛則迷迷糊糊看著我，沒醒來似的，他雙腳紋絲不動，一手拉住操場欄杆，一手拽住我。阿麻越來越近了。我想到自己傍晚無影俠的身分即將被戳穿，我想到我練了十年的輕功居然被這麼輕輕一撈就蕩然無用，真是他媽的，又絕望又生氣。我咬了咬牙，使用金蟬脫殼法，嘩的從書包背帶裡滑出來，哈，解放了，我放開手腳，在夜風裡跑個不亦樂乎。

阿麻眼見我脫走，遂呼喊苗笛一起追我，苗笛好似機器人接到訊號，抱著我的書包緊跟上來，阿麻也莫名追出去一段。跑啊跑，他們才想起來要圍堵我。

一邊堵一邊大喊：

小桿子②！你哪個班的，你書包要不要啦！

1，3

苗笛是傍晚學校的鬼魂，至放學辰光，學校大鐘敲響將同學們敲成自動回家的牽線偶人，他卻被催眠成為校鬼。我之所以這麼講他，是由於我自詡為隱身俠，我玩時間的捉迷藏遊戲，我自以為別人瞧不見我，我便可以偷竊時間，自由自在浪費它，沒認識苗笛前我並未有清醒的認識，只不過躲在某個角落時，聽得同學如此談論我：

「你們是不是又找不到小費了？」

「對，一下課就不曉得閃到哪裡去了。」

「可是我知道方才還在的，這裡有小費留下的兩張包炸雞腿的紙哎。」

---

② 小桿子：南京話，意指小混混。

「你怎麼知道是她？」

那個言之鑿鑿的女生是我同桌，平時完全不鳥我，考物理時有意把選擇題和填空題的答案漏給我看，卻永遠不給我看計算大題，我物理超級爛，不得不抄她的，結果前部分全對，後面一塌糊塗，老師一眼看出是作弊。我不怨恨她，僅僅覺得她和我不是一類人，說白了，不上路。我驚異於她如此了解我。

她揚起臉，貌似極為篤定的說道：

「就是她，只有她把紙團揉成這個形狀。先撕成一條條的，再用手心窩成球。只有她這麼變態的人會這麼搞。」

不妙，我心中大呼，居然落下如此蛛絲馬跡。接下來，我又聽她講：

「她一定還在附近，我們一走就會出來，她就愛在沒人的時候亂逛，誰知道會不會遇見鬼。我知她沒有朋友，她不和住校生玩，也不吃晚飯。」

我正躲在紫藤長廊邊一株大灌木的樹根空隙裡面，看到這幾個女生校服的褲子與她們的白球鞋，不免又得意又傷感。

看吶，這麼近了，線索已經很近了，還是找不到我呢。甚至不知道我就在離她們不足一米遠的地方，我可是連呼吸也不避諱的，這幫遲鈍的傢伙。

我下決心要讓所有人皆忽視我，雖畢竟有一零星莫名的遺憾，但我覺得我能夠克服這種不適當的感情。我並不怕遺憾，只想沉浸在之後的快樂中。等天空低斜（冬天時天空呈六十度低斜，夏天的角度只有冬天的一半），草地也相應從另外一個方向緩緩傾倒，我便可以躺在白天遍布人類足跡與氣息的泥土之上，融入到白晝與黑夜濃重的那一筆交界線中。然後影子們都醒來，遠方的喧鬧將全然的安靜補全，我假想語聲鼎沸，人影幢幢的另外一世界。

這樣，我方可自稱為隱身大俠。這豈是我的同桌可以理解的呢？不過隱身大俠程式仍要捉蟲，否則，否則我就暴露自己啦。

也正是經過思考後，我遂斷定苗笛是鬼。我遊蕩是因我要躲避隱遁個快活。他呢，我便問各位看官一句：你們見過有目的的鬼嘛？（除了電影裡面那種怨氣十足的殺人女鬼之外。）苗笛百分百無意識漫遊，他摘下眼鏡，在科學館與體育館中間地帶的校園死角亂蕩，在小操場邊的乒乓桌與我打球。

一個人都沒，光線不足以讓我們看見小球。

只聽球滴滴滴滴在球桌上跳動，他摘下眼鏡，我索性閉眼，黃色球畫出一道弧線，來了一陣風，諸草倒伏，我漫無目的一揮拍，將球擊回，苗笛看到我身後植物造就的波浪，飄然一笑。

球飛到不知道哪兒的夜色裡，就是這樣。

1，4

我和苗笛做朋友就像，就像是，一個程式如果遇到 bug，就會總在這 bug 前繞不過去。我的隱身伎倆幾乎能騙過所有人——白天時我會紋絲不動坐在教室裡聽課，夜裡則跪在我家小房間的床邊做功課讀小說。我喜歡跪在床前，膝蓋下面放枕頭，自從我見到電視裡演寄宿生每日睡前如此祈禱以後，我也這麼幹了。不過，我經常以手肘支撐上半身的重量，彎腰緊盯著書本上的小字，久而久之，我變駝背，順而，我假想自己是一頭細小駱駝，擁有別人不仔細看就看不出來的駝峰。

我能騙過所有人，我只在黃昏，在白天與黑夜之間的模糊時間隱身，帶著駝峰。我把隱身祕訣虛擬書、偷竊來的沒捨得花完的時間與我的所有記憶都存放在裡面。每天去學校，我在駝峰上面再背一個書包，盡裝著一些沒用的課本與作業本什麼的，要不是它能幫我掩飾我真正的儲藏包，我早就丟掉它了。就像上次我被苗笛與阿麻圍堵一樣，關鍵時刻我會毫不猶豫將肢體擺脫出背帶，運出脫殼功逃走，等眾人打開書包試圖要發掘出一星半點真實的本人，哼哼，他們會失望的。因為裡面只會有與其他人一樣的紙張、筆跡與油墨氣息，我恰是那樣無影無蹤。噢，不對，在語文課本的第一一二頁某練習題下面，我寫了一行字，我須得擦去。

於是便了無痕跡也。

撞見過苗笛一次之後，我似乎屢屢被他抓住，我在科學館六樓的廢物箱裡翻玻片，再用三十塊買來的塑膠顯微鏡又一次觀察那個染成紫色的，在鏡片下變得巨大的洋蔥細胞。如果學校是硬硬的細胞壁，我們應該就是黏黏的，在液泡裡搖搖擺擺，化做一堆，但碰到外界高濃度環境就會集體釋出的細胞液。接著，我又找到一片，我縮小又放大顯微倍數看了許久，視野裡仍是只有模糊水漬。定格在玻璃片上之後，細胞已經死去了，現而又被汙染，嘖，我咂了一下嘴，然後便見到苗笛不知道從哪個拐角繞出來。

「喂。」

我轉過頭，不想鳥他。

誰知他略帶嘲諷，挑動嘴角，盯著我的雙眼：

「隱形人。」

我本想故弄玄虛一下子，可他立刻拆穿了我，我尷尬得很。

於是我只得回說：

「遊蕩鬼。」

他撇撇頭，並未反駁，只不過饒有興趣的站在我身後，看我在垃圾堆裡翻找動植物的屍體。我不以為然，看就看吧，我心裡盤算著另一件事：在這裡，在學校這種大動植物園裡面，卻看到其他地方的生物的死亡景象，真是一件好奇怪的事。

1，5

踏進一個小巷子，然後再也出不來，就沿著窄路一直走，旁邊是重複的矮房與小窗，在每扇窗前的人臉皆不同，每張臉皆和你打招呼，說各式各樣無關緊要的話，這條窄路怎麼也走不完，你看不到寬闊的景致，只被迫回應以無意義的對白，繼續一直、一直向前走。或是氣喘吁吁爬上科學館最高一層，推開生物標本室的門，看由於使用過度而缺了一隻翅膀的貓頭鷹，看在鐵架子上穿插得錯落有致的花雀、麻雀、金翅雀，牠們的眼珠早被玻璃取代，反射出你自己，你見門內還有門，遂隱身而入，還是一間標本室，無用的器官將六個架子排得滿滿的，你抬起左腳，走出縱深的第一步，卻發現身邊的罐子裡即是一隻人類小腿至腳掌的全副剝離神經，沒了肌肉骨骼筋腱，它只是一張紅色的纖細之網，像是脫離了地點、人、回憶的時間之網，美卻脆弱。你覺得好孤單，向內部走去，想走到最後一排架子，卻發現原本該放架子的地方放了一座玻璃櫃，裡面有一個九歲男孩，皮膚變成乾枯的褐色，肌肉緊貼在骨骼上，嘴唇翹著，再也不能吐露任何話語，比任何一個你還孤單，你覺得他不再在乎寒熱，他身體輕盈，也像擺脫思索的任何一個你。房間裡面還有一扇門，原來裡面什麼都沒有，哦，不是，它左邊的牆角仍有一扇門，到此為止了，你知門後還是一個空房間嗎？沒有其他陳列了。然而你仍作夢，像在圓周操場沿白線打轉，你夢見循環往復的場景不只是前兩個，體力耗盡前是在爬樓，想爬到天台，可樓層一直往上往上，終於，樓梯終結了，天台之上亦無天空，只有灰色，封閉的巨大方形空間，它平直的頂與四個銳利角死死封鎖你的視野。他媽的，無處隱形。

學校也像是封閉的迷宮。

可我總希望推開一扇門之後，是一個新奇的、無限延伸的世界。這種感覺是，我將會平白消失，然後又會從另個出口處顯現。

我和苗笛說。他照常似聽非聽，然後打個呵欠，回答我：

「我知道，從學校死角草地邊的矮牆翻出去，就是乾河沿薇薇書屋的後門。」

如果死角草地也太過平庸，我只好寄希望於最複雜的東課樓了。死角草地是一片介乎科學館、體育館與教師宿舍的廢棄空地，是學校另一夥遊俠的禮拜場所，我傍晚抵達時，他們一般早已拍拍屁股走人了，只留下一地啤酒瓶、菸頭，以及從強手棋盒子裡掉落的塑膠房子籌碼。我們必須從教師宿舍後牆的破洞裡鑽過去才成，再按照原路返回，否則會猛然間到達薇薇書屋，我試過一次，我甫翻牆而過，額頭便撞到書屋後窗的玻璃，砰一聲，我站定，鼻尖與書屋老闆的金魚臉相距〇・五釐米。

哪門子延伸的世界，虧好是我平平滑過去，不然便當場卡住無法動彈，心裡好失望，像是又到了那個夢，一個無止盡卻也無出口的夢裡面。

1，6

我說：「我便是跑起來了。」

校園巡警阿麻繼續窮追不捨繼續問道：

「某日黃昏踢翻圖書館門口一株大米蘭的是不是你？」

「上個月十七十八號翻入食堂一樓偷竊酸奶葡萄棒冰的是不是你？」

「前幾天在『桃李不言，下自成蹊』的牌匾那裡又刻一行『桃李不言，愛吃烤雞』的是不是你？」

「那麼昨天東課樓手工教室裡四十台打印機最左邊一台紅藍墨帶都飛舞出來，是不是你幹的，是不是你？」

我撇過頭，只是答：「我，愛，跑，步。」

阿麻無法，將我扣留於他的那間小小辦公室，苗笛仍幫我拿書包，站立在一側。身穿藏青色中山裝的男孩將領口扣得極嚴密，他比我高半個頭，頭髮根根站立，他嘴角掛著一絲甜笑，迷糊表情消失了，他對我眨眨眼，我在這時候明白他知道我的一切，我早就被看穿了。

根據阿麻的口風，我心酸的想，學校裡還有如我一般的隱身俠，可他們都沒有讀到我的訊號。

東課樓是最需要探究的場所。你知道我們的地圖嗎？待我細細勾勒之——走進校門左手即是東課樓，然後繼續向前，始終要走在高大法國梧桐覆蓋的林蔭道噢，一百米後，是一間長方形平房，那叫做，小禮堂。接著，是鐘樓，每個傍晚響徹全校的迷幻鐘聲便發自此地，鐘樓對面是小操場，紫藤長廊，前面是小花園，長廊邊又有一小片綠地，側置一座涼亭，在那涼亭中，乃為馬里亞納海溝的縮略模型也，傳言此處亦是歷代校長之墓。就知你不信。

接下來，是大操場，圖書館，體育館，死角，匯文樓，行知樓。

頭暈嗎？原諒我如你一般方位感奇差，我在這裡遊蕩，可始終遊蕩得不明不白。要知道，搞清楚一處所在，清楚每一個細節之後，此處便失去它作為迷宮的意義，它便任由你安置記憶與詞彙，就像變成一個儲藏室，只有使用時才想到它，否則就任由它被舊電視、不會再穿的過時衣服、底部穿洞的鍋子等等無關緊要的東西填滿，真是可惜。

有東課樓存在，這所學校就永遠不會變成儲藏室。這麼說，便知曉我們地圖的重點在哪裡了。

我從最底層的教室開始搜索，由右邊老式樓梯拾級攀爬，這棟一百年前建立的巨樓乃是某個時期所有人的藏身之所，每個夾層皆至少可隱去十人，有時，教室中仍有一個小門，小門後竟是另一個樓梯，故而，目前沒有任何遊俠能夠勾畫東課樓全圖，太複雜了，沒有足夠的時間一次走完，可是，倘若分次走，便會發現前次的記憶本不可靠。正確的記憶刻痕太短暫，錯誤的假想卻極漫長，遺忘反顯得過於輕易了。

1，7

一樓的教室幾乎全部上了鎖。而只有走廊的一側有教室，另外一側為斑駁的牆壁。教室門的上方是一扇田字格的小窗，有限的光線從田字的四個口處映在牆上，汙跡與脫落的油漆倒像從遠方藉由光搖曳而來的樹影了。它們也刻在我臉上，我想，那會使得我的臉更加生動驚奇，每次走進東課樓都是這種感覺，陌生，卻又好似溫習夢境。學校裡肯定不只我一個好奇的人，這麼說是由於，唯一的樓梯中間有一扇老舊木門，雖然傍晚時也會鎖起來，但我們可以挪動第三塊木板，由此擠進樓梯爬到二樓去，我發現木板越來越鬆動了。這樓到底有幾層？我說不清楚，我站在外面數，一、二、三、四——一到四樓皆是老式的格子大窗，五樓呢，因為頂層屋簷傾斜，只有半窗。然而，每次爬樓梯，我總感到不止爬了五樓，甚至有一次，我打開某一個教室中的小門，眼前居然出現了半層旋轉樓梯，階梯僅僅我的腳掌那麼寬，沒有扶手，它攀著一根木柱轉向另一扇鎖著的矮小木門，像一個化石海螺的切面——陡峭，精巧，通往沒有出口的頂端。似乎隨手可以將它摘下來，放到我的記憶裡面，就由得它什麼作用都沒有，僅一直複製，旋轉於駝峰的某一個空房間，就叫做旋轉樓梯房間，好不好？樓梯的木頭太過陳舊，有幾個台階已失落不見，永遠像RNA轉錄時缺了一小片，我再也找不到它，連那間教室也我也尋不著了。

手工教室是二樓最靠南的一間，是我的坐標點，它是無法移動變遷的一處所在，因為「手工教室」字樣的標牌將它牢牢固定住了。我們的打字課好無聊，紅藍兩色分別打出兩段英文文章，具體內容記不得了，總之，讓人束手束腳很不過癮。某一天，我先走進手工教室旁邊的空房間，傍晚的紅色光芒填滿整個空間，懸鈴木青翠枝條透過破窗戶伸進來，除此之外，真是空無一物，然而，強烈對比度讓人心跳加快，慌慌張張的。恰逢這節點，鐘樓不曉得出了什麼問題，居然又敲了一次晚鐘，噹噹噹，驚得我幾乎跳起來。紅光壓迫呼吸，使我莫名焦躁，我抬腳將牆面一大片石灰皮掃下來，光禿禿的牆面上出現一隻疊著翅膀的蝴蝶形狀，樹枝晃動，蝴蝶撲扇著籠住我。我只得一頭鑽進手工教室。

光線完全不一樣了。東課樓同一層同一朝向的教室常出現光線完全不同的狀況，這是大家都清楚知曉卻從未想明白的謎團。還好，眼下這兒只是平淡的灰色，四十台打字機靜靜待在桌子上面，好安逸。我在講台裡找到一張空白紙，隨便塞入其中一台，鬼曉得為什麼，我打下一行字母：

「aa aaaaa aaaaaa aaaa」

然後我就換成藍色打一次，打字機發出輕微的噠噠聲，一瞬間，我錯以為在向遠方傳遞密碼。（在那個時候被苗笛看到了嗎？）

我亦是在向和我一樣的遊俠傳遞訊號。噠，噠，噠。

想像這聲音通過東課樓老舊的木質結構，傳導，震顫，悄悄爬上祕密螺旋樓梯，替我走完每一個鎖著的或者沒鎖的，可見的或者藏得好好的，積滿灰塵的教室，而後，向空中擴散開，在空氣裡畫出一圈圈水波。

突然，打字機卡住，訊號中斷，我抽出它的墨帶，又試圖再塞回去，可它好似承載了太多信息與路途，當場癱瘓。

於是我逃走了。

1，8

仍是一個黃昏，苗笛帶我參加遊俠們的聚會，他說：「你放心，不會暴露身分的。」

我不置可否笑笑。

苗笛又曰：「我聽說，有兩個人曾經打開東課樓最底層的一間教室，發現講台下面有塊活動木板，掀開後是一條又長又黑，兩邊襯著雨布的通道。」

「這條通道到哪兒的？他們有沒有走走看？」

「你自己問他們啦。」

我們從欄杆破碎處鑽進校園死角時，已經有幾個住校生在那兒了。雜草在傍晚前期的明亮黃色中顯得好暖洋洋，肥大的穗壓得車前子緊緊貼在泥土上，狗尾巴草、苜蓿草，還有高大的陸地蒲類植物快要布滿整片空地。空地一角堆著淘汰的學生桌和一些建築廢料，那幾個住校生就盤腿坐在垃圾邊。他們正百無聊賴撕著草葉，見到苗笛，點點頭算是打了招呼。

苗笛不說話，走近他們，同樣盤腿坐下，我也學那樣，將右腳放在左邊膝蓋上，雙手撐著地面，直晃悠。某一人從菸盒裡彈出一根菸，遞給苗笛，這小子居然也接過菸，咬在嘴裡，偏頭，湊近那人嘴角的一粒火星，將菸點著了，隨即猛吸一口，噴出一道直直的煙霧。那人也丟給我一根，我又彈回去，然後從書包側面的口袋裡拿出剛在學校後門買的炸雞腿，大啃起來。我看這幫傢伙只吸菸，不需要吃任何東西，也不用說話，好像僅憑煙霧的交纏便能交換心思似的，我心裡想，媽的一群鳥人。

我再仔細看看，認出其中一個上身瘦長，頭髮乾枯的男生是阿卜，我向他買過小白鼠。白鼠少年阿卜翹著嘴唇，好像總在生氣似的。我憑這嘴唇就認出他來了，當然，還有那一頭半黃不黑的頭髮，老師覺得他染了髮，可他的確是天生這樣的，大概是從不吃豬肉的緣故吧，他屬於學校裡的回回群體來著。某次在食堂裡，我見另外一個男孩朝他碗裡丟了一塊炸豬排，兩人便扭打起來，踢翻好多桌椅，大家都圍上去，食堂頂上的大電扇正不耐煩的嗚嗚嗚旋轉著，人臉擁擠，我趁這機會又去喝了一碗只飄著一絲蛋花與一小片西紅柿皮的免費湯。

阿卜賣白鼠，他在宿舍地下室的大木箱裡養了幾十隻白鼠，白鼠繁衍幾次，變成幾百隻，大木箱是個黑色世界，阿卜一星期清理一次，把糞便、屍體（白鼠經常相互撕咬吞噬）、斷尾、乾枯草料與凝成一團團的木屑倒在死角瘋長的草叢裡。他將殘肢斷臂的白鼠隨意放生於校園中，那些眼睛通紅，毛色雪白，健全活潑的則洗乾淨裝在彩色的塑膠籠子裡賣給女孩子們，女生們往往拎回家就被家長責罵一頓，趕緊連籠子一起丟掉，不要緊，反正最後這些生靈也會不知所終。

我臉上有些雀斑，頭髮微微捲起，髮色很淡，阿卜以為我也是回回，所以沒收我錢，他帶我去看木箱。他掀開蓋子，並沒有想像中那麼臭，有一團團生命白色在黑暗裡湧動，是夜裡的小片積雨雲被路燈照射，又被風呼呼吹著跑的那種湧動。他從數十個彩色籠子裡挑一個藍色的，拎起一隻較小的白鼠，塞在籠子裡給我。

「喏，拿去玩吧。」

「你倒將牠從近親繁殖的怪圈裡救出來了，我好厭惡近親繁殖，媽的煩死了。」

阿卜又補充道。

我把白鼠養在樓道裡，看牠變肥大。阿卜用賣白鼠的錢買菸抽，每一隻賺五塊錢，他一定賣了超級多的，因為他手指都變黃了。可是，他那木箱裡的王國仍不增不減，繁殖速度趕上死亡與出售，他只能再尋找那些養寵物蛇的人。

這個瞬間，我差點指著他說：「我知道你！你是白鼠阿卜，你怎麼會變成遊俠？」

可暮色將起，仍沒有一個人開口，阿卜像完全不認識我了，只和大家在愁眉苦臉的暮色裡一起抽菸，我就不好問什麼。這時，明亮溫暖的色調漸褪，長草在晚風中劈啪碰撞，又有幾個人到了。

似乎，大家都在等著這個時刻，等隔壁居民街的煤爐生火，灰色煙霧越過低矮的圍牆，這片荒地被染得更灰，隨後，他們開啤酒，繼續抽菸，玩強手棋，每個人又是建鐵路又是蓋房子的，將塑膠籌碼挪來挪去，一副小朋友進了麥當勞樂園裡的那種神色。我什麼都沒說，超失望，我想，把花盆掀翻、偷竊雪糕什麼的，真的很不酷。我看向苗笛，他仍那副似笑非笑的鳥樣子，他把中山裝領口解開，露出白襯衫，也扣得好嚴密，他幫阿卜點菸，又劈啪打開一瓶啤酒，遞給另外一隻住校生。

很快，他們都要喝醉了。喝醉了也沒關係，無非是收拾好棋子和骰子，以及畫格子步驟的遊戲紙張（把「前進三步，進入機場」或「停留一週」的選項摺好），就能馬上回到髒兮兮、濕漉漉，又暖烘烘的男生宿舍裡暴睡一覺。再不然，亦可趁高興闖點禍，在學校牆上塗抹某人姓名，再拔一拔剛種的月季花。

苗笛對我擠擠眼睛，對我講：

「嘿，他們像不像黑箱子裡的白老鼠？」

1，9，1

一到中午我就精力全失，學校到處是吃完午飯亂蕩的同學，日光大盛中，苗笛亦只是一個普通略胖的男孩而已。我們曾控制不住睡意一般，閉眼由食堂走到科學館，想要趕快偷偷溜進一樓的階梯禮堂裡面大睡一場。那個禮堂只有年級聚會時方使用，平日裡空無一人，我們從氣窗進去。禮堂座椅包了厚厚的墊子，地上鋪了地毯，造就一片軟綿綿的消音空間。我會睡在倒數第六排右邊的地上，任由層層疊疊三百多張椅子遮住我。真是好安全愜意的午覺，彷彿漂浮起來，仰面即看見繪於禮堂天花板上的中國地圖，我與出海口的位置遙遙相對。科學一樓有一個天井，散落著幾株隨意種下的月季和一棵紀念楓樹。楓樹是日本熊本某學校與我校交流時，由兩位校長親手種下，故而，一般稱其為熊本楓樹。不曉得它在那兒有幾年了，反正是瘦瘦弱弱的樣子，待到秋天它的葉子變紅，便會有女生摘下幾片，夾在英文字典裡，當作書籤。一樓大廳兩側掛著十張榮譽校友的油畫像，盡是一些枯槁的老頭，皺紋超多，油彩一層層敷在他們臉上，製造出莫名陰森的光影效果（其實他們都活著，而且都是院士呢）。我們悄然掠過這十幅遺像（今天不是，某一天也會是）環繞的冰涼走廊，直達小天井，再於楓樹處拐彎，便看見氣窗了。

一個吃飽了的午休時間，夏季烈日下，我與苗笛由於睏倦直直在走。我瞇著眼，由我身邊經過的人全部變為移動且發出一些無意義聲波的色塊。科學館除了那十位院士，當真一個人都沒，我找到入海口便隨即躺下。地圖上大片藍色閃耀，像一片藍色星海。苗笛躺在我不遠處，他只剩傍晚的一半狡黠。

我們剛默默臥倒，卻聽見又有兩個人走進禮堂。

原來這一處不只是屬於我等兩隻孤獨遊魂。

想像禮堂是一個扇形，我們在靠後的位置，恰如深海貝殼邊緣褶皺處附著的寄生生物，披著海水裡經過漫長時間積累於貝殼上的鈣質，像死亡一般一動不動，噢也不全是，偶爾，也稍許轉動目光。而後，海浪襲來，我從來沒有見過如此純白、堅固，但同時又弔詭的柔軟盲目如同蟲豸一般的身體，他們緊緊貼在一塊兒，看起來完全靜止，然而又非常緩慢的移動著——三個呼吸的時間才移動了一釐米，他們便以這樣的方式變幻形狀，似乎周圍尤是這個世界之外的茫茫夜空。而他們自己，像雲層裡的月亮，一會兒洩漏出極為明亮的光，一會兒又被髒的雲遮蔽侵染成極為晦澀的一團。

我們繼續以海生物的靜默姿態，於被打斷的睏倦中緩緩對看，我看到，三排椅子後面苗笛的眼仁，閃動著黑色柔和的水光。接著，我們又閉上眼，在正午睡去。

1，92

「手工教室裡面也有一扇小門？」我問。

「好像是。」苗笛遲疑了一下說，「如果由樓梯開始數，手工教室是第七間，往往單數教室裡面會有小門的。」

這倒是我沒有觀察到的細節。我從乒乓球桌上跳將下來，追問道：「你知道這些小門都通往哪裡？」

「如果使用空間排除法……」苗笛正色曰，「我們測量每間教室的寬度與走廊寬度，哦，還有牆壁厚度，這樣可以計算出小門之後仍有大概寬一米到一米五的空間，大概是夾層什麼的。我們得留白零點五米，因為夾層之中仍有通道，我曾由一個小門進去，看到地板中間有一個黑色的洞，一不小心就要跨進去，險死了。」

「那你能不能畫一個假想的結構圖呢？」

「我只知道一樓與三樓僅有走廊一側有教室，二樓是兩側都有，從一樓到二樓，有一個主樓梯，但二樓上去，該是每層有兩個主樓梯。」

「你去到過四五樓沒有。」我繼續問他。

苗笛沉思片刻，「東課樓有六層耶。」

又是毫無頭緒，我重新爬回乒乓球桌，仰面瞪著頭頂的辛夷樹與廣玉蘭樹，層層疊疊，天空在樹葉的縫隙裡招搖，有風。

我突然想，東課樓的結構會不會像如此隨機重疊的樹葉呢？然後我又一個人瞇瞇笑，覺得好傻，於是我久久不再開口了。苗笛躺在旁邊的乒乓球桌上，蹺起腿，這天下午下過雨了，球桌濕漉漉的，弄得我們的後背有點濕。

好生感傷。我沉浸在這種無謂又無識的情緒裡足足十分鐘。

「咦，你是怎麼知道東課樓有六層的？」我一下子坐直了。

「阿卜說的。」

阿卜的殘疾白鼠在校園各處生存下來，與此地原住灰老鼠打架，居然也成功劃分地盤。牠們占據東課樓，有時候我們在上手工課，正製作聖誕老人音樂卡或者那種一按就發出刺耳聲音的簡易門鈴時，牠們就從我們頭頂飛馳而過。白老鼠比灰老鼠體積小，牠們的腳步很輕，你聽過便知道，那有點像，有點像，夏天的陣雨落在自行車棚頂的聲音，忽然嘩啦啦來一大群，又瞬間走了。

「阿卜講，他的殘疾白鼠生了一群好看孩子，腳趾一個不少，也沒有斷尾的，毛色閃閃發亮，眼睛純紅無翳，尾巴光溜溜，像一截橡皮筋，這些小老鼠在東課樓的各個夾層裡面周遊兜轉，然後越過兩個草地，繞過圖書館，躲過灰老鼠的伏擊，跑到男生宿舍地下室，去探望包圍在破運動褲、髒臉盆與癟籃球之間那木箱黑世界中的近親祖父母兼兄長妹妹爸媽……哈哈，還要和阿卜本人說悄悄話，告訴他東課樓有六層，哈哈哈。」苗笛盤腿坐直，放肆大笑。

我聳聳肩表示無所謂他在胡扯，只因為我覺得他的面容在那個時刻有點陰鬱的孤獨了，我看過他逗弄阿卜的白鼠，卻被咬得手指流血，我也不會嘲笑他，他只是和我一樣，愛在奇特的時間同時幻想另一個時間的迷宮罷了。

1，93

我倒是生出一個奇怪的想法，其實這想法並不是突然出現的。某年我去旅行第一次見到自動販賣機，只要投入硬幣，機器下面的出口便咕咚咚滾出一罐飲料。我尋思一個作弊的方式，即用魚線在硬幣上打一個十字扣，待它掉入機器內部，觸動某個機關，再拉它出來，重複數次，機器其實什麼都沒吃到，卻一直在滾出飲料，直至全空。現在呢，我是不是可以在白鼠身上綁上棉線，就像米諾斯迷宮出逃計畫一樣，順著那根棉線，便可找到蛛絲馬跡，可鎖著的門是這空想的最大阻礙。我們在門外，手持一個巨大的線團，白鼠沿走廊奔走，鑽進空教室，將棉線纏繞於積滿灰塵的桌腿凳腳，棉線颼颼放出，只因白鼠仍持續亂走，牠閃入門縫，跑上旋轉樓梯，落入一個垂直的空間，嘩，棉線奔出一大截。最後，白鼠在夾層、天花板、水管裡奔逃，線終於到了盡頭，白鼠仍意圖向前，或是正懸於半空掙扎，我們的指尖感覺到輕微的震顫與拉力，拉也拉不動，收也收不回的。我閉上眼，猜想一個複雜的空間圖案，像小時候玩的紅繩遊戲，勾在手指上的紅繩在變幻數次之後即固定，必須垂下手指，放棄這遊戲。而我們與東課樓結構之謎便相隔一個線團的猜想之距，永遠不對等。這必然是一個奇形怪狀的蛛網結構，是「我」與「另個世界」之間的隨機關係圖，拆開無用，到頭來只得一根棉線，距離亦不準確，搞不好它牽絆於所有雜物，只到達樓上的某個空房間而已，可它如此分明確定我與那個世界的位置，我不能移動，那世界也不曾移動，我和它，永遠被一張想像之網固定於鎖著的門內外，一根線的兩端。

1，94

匯文樓三樓初三七班的教室，養蛇陸元坐在課桌上面，雙腿好長，快要接近地面了，他有一縷頭髮緊緊貼在青白色額頭上，其他的則順從伏在耳邊，讓他看起來有些恍惚。苗笛進門，拍拍他的肩膀，他的身體略微閃躲，卻沒有不快的樣子。

苗笛說：「阿卜讓我找你。」

陸元微微一笑，哦了一聲。

「你的蛇呢？」

長腳男孩躍下課桌，從教室最後的雜物架後面掏出一只巨大的燒瓶，一條粗短的花蛇正將頭靠在燒瓶的出口處。

「牠這週還沒吃飯。」

教室空落落的，同學都走光了，不過並不是只有這樣，陸元才會取出他的蛇，平時他都會大方拿給大家看，這其實是一條觀光蛇。

「付我一塊錢，你可以和牠合影呢。」

蛇是在科學館天井的草叢裡捉到的（為什麼那裡會有蛇，不得而知，大概是蛇比較愛涼颼颼的十院士像吧），從此牠便被陸元放在這個四十釐米高，三十釐米直徑的大燒瓶裡面。我曾在學校遊藝會時，看到陸元把蛇帶到操場，他把燒瓶往草地上面一擱，旋而脫了校服外套，自己坐在旁邊，校服搭在腿上，閒閒的笑。女生們看到了會亂叫一陣，「嘩」的散開，不過，隔了幾分鐘以後，她們也就好奇靠近去瞧，男生嘴裡一邊說，什麼破蛇，一邊還是掏一塊錢或者四張畫片給陸元，將臉貼在玻璃上與蛇合影，我也拍過一張，兩包小浣熊乾脆麵的價格，媽的反光太強，照片洗出來以後，只有我臉上掛著一抹癡笑，抱了個大罐子，大罐子裡隱隱綽綽，什麼都瞧不出。

我故作輕鬆打起招呼，「hi，陸元。」

陸元不鳥我，卻打開燒瓶蓋子，拽出蛇，繞在自己手臂上。蛇太短，只圍著他細瘦的胳膊走了三圈。牠無精打采垂著頭，兩秒鐘才吐一次信子。

「病了吧。」苗笛伸出手一下一下戳蛇頭。蛇一出來，空氣裡面就有種淡淡的、涼涼的鹹腥氣，好像是竹蓆透了水，又好像是下了雨以後老木頭課桌抽屜裡面的味道。

陸元手臂避開，我又從書包裡掏出兩包小浣熊，換得蛇在我肩膀上趴一會兒。這是條黑黃灰三色蛇，一看就無毒，蛇頭圓圓的，我感覺到細微的鱗片與校服化纖面料的摩擦，嘶嘶嘶，我忍不住又笑。

「五分鐘到了。」

養蛇男孩伸手把寵物拿回去。

苗笛撇撇嘴巴，舌頭抵住牙縫，發出了個好響亮的「嘖」，然後他開口講：

「被人看太多次了，精神都被看沒啦，陸元你的蛇快死了，和衛玠一樣，被看殺。」（我們的語文課剛學到這一段。）

陸元曰：

「少來，你們看牠時，牠才不會睜眼看你們。上週牠吃了一個阿卜的超級大白鼠，現在還在消化。」

我仔細打量蛇身，看不出老鼠的形狀。陸元一口咬定蛇一副不好受的樣子是半截老鼠尾巴卡在喉嚨裡的緣故。我們三個人又將蛇放在課桌上，蛇癱了一會兒，又慢慢游動起來，牠在課桌上的動作太明顯，我們看到牠腹部用力，頭昂起，一擰身過了半桌，「嘶」，大家倒吸涼氣。

陸元忙又把蛇撈起來，放回玻璃燒瓶：

「看牠還會游就還好。」

苗笛回說：「不然把蛇嘴打開，蛇牙撬開，把鼠尾拽出來？」

陸元小心把瓶子放回去，再曰：「不存在這個辦法，鼠尾好難消化，過幾天就好了。」

苗笛又一笑，談夠了似的，突然逼到陸元身前，齜牙說：

「既然這樣就算了，給我二十五塊錢，不然晚一點把你的蛇連半截老鼠一起搞成藥酒，好不好。」

陸元乖乖打開書包，苗笛邪惡惡和他講：

「我們要去江心洲鬼市。」

陸元抬起頭，眼神軟綿綿。我這才發現他的眼睛帶一點黃色，玻璃珠一樣，空空的，像是標本室金翅雀的玻璃假眼。只見他打開一個極大的書包，裡面是無數的彈子、畫片、香菸殼、無花果絲、十幾包小浣熊乾脆麵、堪比校門口小攤那麼齊全的酸梅粉裡的小人兒，以及紮得好好的一沓一沓一塊錢紙幣和用透明膠黏在一起的十個十個的一塊錢硬幣，還有，好多好多我們會玩兒的小東西。我突然有點厭煩，比玻璃罐裡的蛇還要疲倦。

1，9，5

出校門正門，對面是人民中學、金翠樓潮州菜館、中山大廈、中山路，向左拐去，上廣州路，是小粉橋、鐵皮屋、前國立央大、學人舊書店，回回清真大盤雞餐廳絕對不賣啤酒。學校平行是乾河沿，直通上海路，再接著是隨家倉精神病院，噢不，我們稱其為「腦科醫院」。每條路不怕有枝蔓，太過清楚，幾條結界設置，限定了我等的活動範圍與情節，實在乏善可陳，無非人民中學打群架，小粉橋吃鴨血粉，乾河沿薇薇書屋借言情小說爾爾。賣鳥貨郎陳擇偶然出現，他左肩一個擔子，零零碎碎賣鑰匙圈、小手電、塑膠皮錢包（裡面八成夾一張明星正臉豔照），以及，不求人、鞋拔子、挖耳勺指甲刀雙件套；右肩是一組籠子，籠子裡總是一團灰撲撲的繡眼，剛剪了翅膀的畫眉或八哥什麼的。總之，我們從沒見到他賣出過什麼，僅僅有一年，他不賣鳥了，蹲點在學校門口賣一擔子小白兔，生意超好，成了白鼠阿卜的最大競爭對手。

往往我看見陳擇，就會停下來說幾句話，然後蹲著將他籠子裡面的動物們仔細挨個兒端詳，隨即頭也不回走入過分清晰的地圖裡面去。

中山路、廣州路、青島路、漢口西路、寧海路、西康路，媽的，中山路買燒雞，廣州路吃棒冰，寧海路打遊戲，西康路聽CD，從此好無聊，只得晃回去。

週六凌晨兩點半，我與苗笛沿中山路走，這當口，這城市地界，或許剛剛入眠，只有金翠潮州菜館的霓虹燈閃個不停，有幾個字掉了，變成翠洲菜館。路燈發出滋滋電流聲，耀出茶黃光線。我們偶遇賣鳥貨郎陳擇，他肩挑一組睏倦的鳥，搖搖晃晃迎面走來，我們正要打招呼，他便無聲比畫：

「噓，牠們都睡了。」

鳥們將頭躲藏於翅膀中，躲避這孤單夜光。我打了個極大的呵欠，掏出兩塊錢，買了他另一肩上掛著的一個西洋景小盒子，就是那種你把眼睛對準上面的小孔，按下劣質塑膠按鈕，就會啪一聲，看到一幅畫兒，然後再按一下，又是另一幅的無聊玩具。光線太暗，不想立刻玩，我將它放在褲子的口袋裡。

貨郎在找一處安全所在，停將下來，蓋一塊塑膠皮在鳥籠上，而後，把兩副擔子放在腳頭，翻一翻明星豔照，方可安睡。

我們與之道別，中山路黑又長，可仍有夜間行路人與我們一夥，另有黑巴士火速到江邊。這種夜裡，作為看守人的爸媽也入夢了，等他們醒來，一定也以為我們清晨出門去學校食堂打橋牌去也，誰會曉得，我們趁夜風潛走出結界，繼無數傍晚之後，又一次偷時換日呢？

1，96

路燈的閃耀黃光連成一片，深夜馬路空空蕩蕩，如果前方有人，無論他是同向一道走，或面對面相向走，都像不知道從哪裡冒出來的。聽見腳步劈劈啪啪，是自己雙腳拖著步子前行，我喜歡在學校裡這麼走，無論誰與我擦肩過，那一秒半秒的時間差，都供我得以分辨出那人是誰，我在涼亭小徑、操場白線、教室走廊處點坐標：十二點差十分是連續三週皆出現的A。一點二十，下午課快開始了，一定是陸元帶蛇由男廁所旁邊的自行車棚裡走出來，他通常中午會去前中央大學鐘樓前的草坪上溜蛇，還有，有BCDEF，每刻時間皆有一個特定的人標記地點。我是唯一慢速的那一位，每次都比前一次更慢一秒，嘿，他們被延緩蒙蔽，認不出我！我是容易洗去的汙點。而這次走夜間馬路真是如夢如幻，幻的是還依稀聽到白日裡的車流呼嘯；夢呢，夢在持續——路燈照不到的黑暗裡的千篇一律的孤寂擁擠，將夜光燃成更黑的灰燼。疲倦的清潔工與醉酒的人，流浪貨郎同埋夜班人，皆自四面的灰燼裡側身而出，尤帶著暗影與灰。人影越來越多，足以組成另外一個城市了。然而，夜晚融掉話語鼎沸，路燈下是深藍的靜默人身，他們與我和苗笛此等逃家遊俠，並排走，或者撞見，肩膀撞肩膀，腳踝撞腳踝的，面龐看不見，搖晃而過。我認得他們，他們亦勉強睜大晒眼：

「啊哈，是哪裡偷跑出來的你們，是和我們一樣在走的你們啊！」

直走到連船碼頭。

閘門緩緩上升，各色人等即跳上岸，天仍黑著，凌晨四點半，我被睡眠侵襲，現實與夢境一旦混淆便不會再分開。夢被打開一個缺口，也像渡輪從意識的島開回來，吐出無數亂七八糟繁雜細節。天快亮了，夜的效力已失去。這麼許多人從已快丟失意識的我身邊經過，甚至都不側眼瞧上一眼，好似我本不存在。先是賣菜的，有些挑擔子，有些騎三輪車，蜂擁上岸；其次是一批騎摩托車電動三輪車的，碰碰擦擦的也過來了；最後，居然還有一輛麵包車，隱約看到麵包車裡坐著幾個赤膊大漢，當司機的打方向盤，駕駛座旁邊的那一個刺青手臂搭在窗口，微閉著雙眼，頭靠著座椅，後排的兩隻索性睡過去，胳膊大腿橫七豎八伸了一車。麵包車開過，刺青手臂將將擦過我的手臂，他們連眉毛也沒抬。

傾倒完畢，渡船打起鈴，告訴我們可以登船了。

去江心島嶼的這一途反倒沒什麼人，上層船艙裡一股長期積累的尿騷與汗水味道，我下到甲板，看江面一片朦朧，很久以後，我想到此事，都會有所疑問，這真的不是一個夢，或者乾脆是我臆造出的景象嗎？我真的有刷牙後緩緩將泡沫吐在水池裡嗎？（因為吐太快會有「啪」一聲水響。）還有我提早將紙鈔與鑰匙放在衣服口袋裡，隨後我脫下拖鞋，光腳移動至家門口，手臂用力控制大門閉合的速度直至它關上，那輕微一聲彈簧鎖的機關聲……吶，我跑出來，奔襲幾個小時好長一段到江邊的距離，走得雙腳都不似自己的。江邊的船和碼頭在凌晨似灰還黑的霧裡搖擺，我這樣，走去入江，只為了在黑市上找一台二十年前走私入境的紅藍英文打字機，這是真的嗎？

渡輪在江中劈出白浪與許多泡沫，載我們上下顛簸，苗笛靠欄杆坐下，收攏腿，雙手抱住膝蓋，水氣中，西面是快要沉沒入江的月亮，東面是被細雲罩住的白日，它們在一處平行線上，線上可見的只有孤零零三個點，乃為陸地之城、船，還有島。月亮和太陽真像，以致我分不清它們了。

1，97

城裡總有這樣的市場，只是近來不多見了。以前那個在朝天宮與止馬營之間，我們大可不必如此奔襲。凌晨四五點，天光完全亮起之前，數百塊塑膠布展開，林林總總，賣那些平日裡面你能想到用到的玩意兒，也賣完全超出想像的物件。此個場地出奇安靜，心中有價格，無需多聲張，幾個眼神手勢即成交，你勿伸頭看，別人做買賣與你何干呢？

我聽見過住校生說去找他才騎了兩禮拜便失蹤的腳踏車，媽的，剛買的變速車，通體嫩黃藍色撞色，坐墊是那種小小的，騎起來要脫離坐墊，站起來，屁股超高搖擺，要多騷包有多騷包。眾人哄笑講你就是愛賣騷，你一定愛吃燒賣，因為吃完燒賣去賣騷嘛。那住校生講去死吧你，還沒騷多久，把車停在中山大廈邊的KFC買冰淇淋給妹子吃，出來便發現連車帶鎖飛走了，被妹子笑你是有多矬。他遂去尋那車，也如一般我們過江，走到市場最東邊，那一片好幾百幾千輛車，八〇年代的二八大槓到粉藍粉紅的少女摺疊款，叫他哪裡去尋，那太壯觀。

再有我同桌昏瞇瞇買小人書，《水滸傳》最老的錯版，極具收藏價值，賣家用塑膠皮仔細包好每一本，再確切指給她年代，一套書花掉一歲的壓歲錢，奇是奇得很，帶到學校給我們看過，中間插圖宋江林沖李逵柴進孫二娘的五官當真都錯了，是畢卡索傑作那種錯，宋江眼睛飛到柴進的小旋風裡面，林沖嘴巴貼到山神廟門口，人影皆兩重，恐怖水滸。

更有家中老父在路燈還燃著的時候就燈看中一方古玉璧，年紀不詳，價格不提也罷，古玉前有穀紋，後有龍紋，紅豔豔說是埋太久，鐵元素侵入原來白玉質的緣故，要貼身戴，那紅色仍會漫開，一絲一絲好看死了。老父在市場西方一百尺處一老頭那兒購得此物，老頭還有商代飲酒青銅大盅、迷你漢代白玉編鐘、乾隆款粉彩描金過牆飛燕四隻茶杯連茶壺一整套，老父買得，趕忙直飛回家，將那玉璧捂在胸口，要用胸口那一股子熱氣將紅沁化開，直化了兩個月，果然開了。前腳化開，後腳來一個博物館的朋友，曰那是化學染色，你在水裡泡泡，化得更快。

便不一一表述了。

1，98

凌晨五點，小雨。我與苗笛走在大大小小雜物山裡面。此處決計不會是每日生活照原位照搬的複製版。物品喧鬧重組，反倒編織出某種鄉愁。平日裡的所見似乎皆已經過目光極複雜卻又自然的簡化提純，變成大腦所熟習適應的景象，而這裡擺放、堆積的，反倒是日常廢置，是常常被我們遺忘掉的細節垃圾，真乃是一處傷感所在，尤其當我看到，我再也不會使用的那種巨大的收音機，或者線路暴露的耳機，還有已斷頭，不可能繼續描繪任何筆畫的鋼筆，印有過氣明星畫像的五年前的掛曆，缺了一腿的眼鏡，連同那一片自行車海洋，這些被目光流失，被時間恣意竊取的記憶。

我默不作聲走著。苗笛則懷揣一百五十塊錢（包括阿卜友情贊助的三十元和從陸元那兒敲來的二十五元），看向一群塑膠模特，一個年輕人滿臉睏容蹲在那裡。我們突然起了壞心思，先是蹲下來詳視模特的頭顱，模特也分男女，男模特短髮，女模特長髮，看不出長相特徵，有幾個的藍眼睛掉了顏色。未必在購買衣物時注意這些假人對不對，但當它們成堆在一起，四肢不全的，手臂大腿都滑在泥地裡，會不會讓你忍不住與之對視？我和苗笛變成在沙堆裡玩得不亦樂乎的小孩，先試圖將模特的四肢連上身體，擰緊螺絲，拼裝許久，發現仍多出一隻手一條腿，我們遂一人持手，一人持腳，乒乒對打。年輕人皺著眉，點燃菸，看我們做遊戲，又漫無目的看向其他人。許久，他才講，好了好了。

這一場坐船出遊的目的是什麼？我暫且忘記了。

也好似到了那孤島型的東課樓，在各個充滿物品或幾乎為空白的空間裡面梭巡，不曉得會看到什麼。一個午後，體育課，我幸運的上到三樓（從一扇破碎的小門進去的），走廊長而暗，唯有一側教室木門上方的玻璃投射而下的一柱一柱的矩形光線，我偷偷走到倒數第二間教室（只有那一間沒有鎖），我知道外面夏季的嘹亮熾烈，然而，教室中一片柔和光暈。我像小偷一樣拉開廢棄講台的抽屜，發現兩本作業本，作業本的封面是十年前印刷的本校鐘樓圖片，泛黃，翻開，裡面的墨水字跡已然揮發，只剩原子筆畫的一道道紅勾紅叉，以及，每隔幾頁依次漸進的日期，十月十號，十月十二號，到十二月二十六號便戛然而止了。作業本的主人名叫徐良。

我又拉開下面的櫃子。作為校園隱身俠，我須得時刻留心各類蛛絲馬跡才是，否則怎麼能夠拼出一幅立體旋轉全圖呢？我在櫃子一角找到一小坨灰塵，幾根不曉得誰的頭髮，數張偷偷塞進去的揉成一團的草稿紙（這是考試專用草稿紙，與學校自己印刷廠的油印試卷是同一種紙），然後，有了，在最角落處，我發現幾根上了蠟的長長的豔麗尾羽。

我將尾羽夾在Ａ４紙大小的物理練習冊裡面，它們順著光線流轉忽紅忽綠，超好看，我本打算將其當作這次冒險的戰利品永久收藏，可是想到自己拼圖的重大責任，猶豫再三，還是去到科學館生物標本室。

第一排玻璃門櫥子最頂端是拿給初一學生觀賞的一隻雉雞（俗名野雞）標本，嗯，我不知道現在那群小朋友還有沒有機會看到它。它每年都有個新名字，一開始叫阿花，之後喚作阿野，然後吶，到了我那一年呢，便被叫禿尾了。搞成這樣，據說，是由於每一屆都有學生偷偷拔它的尾羽，偷去剪成兩截做毽子，借野雞法力讓毽子飛更高。

到了我這一年，大家都講曰：

「嘩，原來是野雞噢，還以為是珠雞標本呢。」

這就是它身體的一部分了，哪怕它早就死了，並且是一隻超老年紀的標本。我將尾羽用五〇二膠水黏在禿尾君身上，我看到它又好像是被兩根羽箭射中屁股的野雞，遂忍不住笑了。這是我第一次主動去補全那個巨大的、多層化石一樣的學校。

*

幾乎每走過幾個攤位便能看到一個打字機。不曉得什麼地方會需要這樣的英文打字機，價格由一百元到三百元不等。打字機自成一體，是個手提箱的樣貌，一打開，五排彈力按鍵，後面是好漂亮一個孔雀形狀，是按鍵連至墨帶的機簧。

「這個產自哪裡？」

「美國。」

哦，我們轉到一處，發現腳邊是一個與學校那種差不多大小的銀灰打字機，在它的旁邊依次是一個訂書機、一把黑色的雨傘、一枝破舊的鋼筆、一本八〇年代出版的《牛津英文字典》，還有一把口琴、一盒已經生了鏽的圖釘。我們打開打字機的蓋子，發現它還是三色墨帶呢，能打出紅、藍、黑三種字母。賣主是中年人，穿雨衣坐著，小板凳藏在下襬，他將雨衣的帽簷壓下，略帶不耐煩：

「你們買打字機，我把字典送給你們。」
「但我們有好多字典。」
「那就把雨傘拿去。」
「可傘柄斷了耶。」
「圖釘呢。」
「不要。」
我突然發覺這攤子上所有物品都像屬於同一個人，看起來真的能夠順理成章拼湊出一段生活習性。然而，我又癡笑，怎可能這般想當然耳，只憑物品去想像一個人的時日？
所以我們只買了打字機，一百四十五元，然後拿走了那把口琴。

1，99

週六傍晚的學校幾乎沒人。傍晚的學校好寂寞，週六則加倍寂寞。打橋牌的同學牌友早就在中午前回家去了，事實上，誰也不會留心到我們缺席。幾個住校生放鬆骨骼，拎著鐵飯盒，從我們身邊遊過。他們表情超自得，似乎在對我們講：「你們可明白多少這學校呢。」

我與苗笛像兩團汙跡，在操場的白圈上打轉，又坐到看台邊緣，雙腿垂下來，直晃悠。我這才發現苗笛的褲腳有點短，露出一截辛普森家族圖案的襪子，花花的黃綠相間。我們都沒講話，事實上，這是最自由的時刻。不過，也許會碰到清潔工、除草工、校園巡警三位一體的阿麻。

阿麻會叼著一截菸，戴一個類似軍帽的帽子在學校裡巡邏，碰到七點鐘時的我隱身卻還是弄出聲響，留下痕跡時，便要吹哨子，「吁吁吁」，來捉拿他根本看不到的我。我們經常瞧見他拿一根大皮管子給草坪噴水，又時不時客串食堂阿姨的職責在小賣部門口守著油鍋炸雞腿。相比之下，他還是花最多時間在學校裡面晃悠。他也是一隻消瘦模糊的，黃昏下面的影子。

這傍晚我和苗笛坐在操場看台上等阿麻，我請苗笛吃綠野仙蹤冰，上面一層白乎乎的奶油凍成塊，下層是摻了紅豆的綠色冰。怪男孩把奶油吃掉，然後等綠色冰連同紅豆一起化成一團黏乎乎甜膩膩的水，再仰頭一飲而盡，好噁心。我呢，什麼都不吃，媽的已經身無分文，這冷飲的三元五角還是凌晨離家從廚房順出來的。哼，我好歹也算一隻俠，不可以暴露自己為了買打字機都把最後一元硬幣花掉了的事實。早知道前兩天就不要那麼饞，嗑完炸雞腿還要連吃三包無花果絲。

我希望正巧碰見阿麻，然後，我可以好酷一拍他肩膀，曰：

「嘿，老子來賠打字機。上次那個紅藍飄帶飛出來是俺的手筆。」

可我不想承認「桃李不言，愛吃烤雞」也是我幹的。

一陣風吹來，又一陣風吹來，操場的草搖搖招招。我想起去年運動會時，我也是坐在這個位置，在這個時間，看全校那一天最後一場比賽，由於即將落幕，人都走得差不多了，連做生意的養蛇陸元也走了，只剩下幾個人在眼前的草地上面比跳高，皆極爛水平，最後一個男生連跳三次，竹竿都掉下來，沒人觀看，自然也沒有喝采。裁判吹吹哨子，意思是，大家都散了回家吃飯吧。男生彎腰繫繫鞋帶，講：別收竹竿，不算分我再跳一次。

於是他向前衝，起跳，身子僵直著彎到一個奇怪的角度，竹竿又掉了。好沒意義的比賽，就像是那墨跡消失只剩下勾叉紅色的作業本，我突然產生一個衝動，明知毫無可能，但我就想上前問：

「喂，你是不是叫徐良？」

1，991

過五月中旬，我們會有二三十場大雨，直到夏天真正來臨。大雨來去猛烈，從厚重天空傾倒而下，甫出教室，便發現雨幕即已延續至走廊，水簾洞一般，處處皆是雨水造就的錯置鏡面，反射教室中昏白的日光燈，沒精打采的旋轉電風扇葉，睏倦趴在課桌上的我們，又反射操場邊墨黑的杉樹，搖搖欲倒的東課樓與圖書館，所有這些在模糊的雨水水銀面上，一併下滑融化，世界都降落到土裡去；然後呢，我們講話時的笑鬧，錄音帶的英文，廣播歌曲，鐘樓敲響的鐘聲，於大水中飄飄盪盪，忽遠忽近的。大雨也連續而來，一次接連著一次，像是再也不分日夜時間，只偏要那混沌一片。我們聽雨聲聽得倦死了，雨聲好似洗掉會話磁帶錄流行歌曲，沒洗乾淨，音樂背後總有隻字片語，但又不可能抓住的無謂對白。

我閉眼，將腦袋擱在課桌上，手在膝蓋兩側，扮浮屍。不長進的大雨困住我，沒辦法四處遊蕩，同桌女生便好得意。我知道她好得意，因她眼裡總帶有零星嘲弄色彩，她也將頭擺在桌面上，半邊臉被擠得平平的，轉向我，與我對視，她手指敲擊桌肚，我耳裡聽到咚咚咚充滿宇宙感的空洞回響。他媽的，你無聊不無聊呀。我心裡想著，嘴上卻什麼都不說，我調整表情，最後選擇冷冷抽動嘴角，轉過頭去，髮梢對著她。

切，不鳥你了。

她轉而又用圓規尖頭劃過桌面，「滋滋滋」，我跳將起來，四肢仍軟軟的，一點力氣也提不起，彷彿我自己也隨雨水下落，我要眼睛下落，鼻子耳朵下落，骨骼下落，沉沉入水。我才不會管你們。讓我躲在水裡土裡才好。

可我被困在教室裡，好無聊好無奈。苗笛在另外一棟樓，不曉得他在幹什麼邪惡的勾當呢，我突然有點懷念他。

同桌女生見我不語，便講：

「下雨更萎了吧，你本是個萎人。」

我正色搖頭，拉一個本班男生划拉幾個動作，反正我愛這樣，掩飾我的真實意圖，讓大家覺得我好生無厘頭且平庸，或者平白無故好笑甚至可愛。只有眼下這個女孩不買我的帳，她一口咬定我是奇怪的變態，在做一些祕密的事，別看她屢次嘲笑我，我知她好奇得要命，她會趁所有人的週記本都放在講台的時候抽出我的那一本（我用黑色硬殼記事本，很好找），仔細閱覽，或約我下五子棋，想找到我的思路模式（一定是這樣，但我使出傳統五子棋技法，例如「梅花樁」，飄忽不定混淆其視聽）。她愈是如此，我愈要過分表演，尤其是現在，沒有任何建築、拐角、灌木的掩飾。

我拉本班男生，雙手作揖，然後衣袖拂腿，再瞪我那同桌癡線女，懶洋洋唱：「你懂個鳥，我本是，臥龍崗，散淡的人。」

1，992

連續的雨造出一場大水，我們的學校陷落在水裡，本來沒有倒影的，這就有了倒影。自此，在水面之上的那些，桂花樹看見自己枝葉還未開花；露台上的我們，清清楚楚映出一些伸展招搖或疲憊的肢體；結構複雜的樓層，晦暗之窗幻化為水中之眼；就連上方的那一小片天空，也投射下來，雨稍停的時候，我低頭走路，雙腿沒入水，踩在那流動的陰鬱的雲層上面。這城市地下河流好多條縱橫水道，匯總分支，連通幾個小型湖泊，再走向江中，大雨退無可退。學校地勢複雜，水最深處已達腰部。前幾天，苗笛在公車船舶上遇到我，那車於廣州路站劈開一片水花，正欲開走，苗笛只有上半身在水上，游近拍門，司機遂開門道：小炮子③屁事多，趕緊上。苗笛一手扶著頭頂上的書包，另一手借力，攀登上車，帶上一小片水。公車船舶繼而划水，苗笛尋到我，便與我講前兩日有人跑到東課樓底樓廁所，發現廁所正稀里嘩啦由最後一格的洞向下排水，其中似有些貓膩。我回他：那有什麼稀奇，東課樓下面一定有一條地道，水都流到那裡面去了。苗笛又講，廁所的洞怎麼會連到地下通道呢？我抬手擰濕淋淋的褲腿，百思不得其解。愣住一會兒，乃問：後來呢？

苗笛講：「後來大雨太大、太久了，廁所排水不夠力，反倒往外吐黃水，二樓有人上課聽到咕嘟嘟，然後轟隆隆一聲，水沖開廁所門，把一樓淹掉一半，垃圾桶都漂起來。老師把人趕趕，不在東課樓上課了，樓鎖啦。」

我眉頭耷拉下來，說：哦，那鎖多久呢？苗笛嘆氣一口：「不曉得哎，鎖到夏天結束吧，大雨不走，樓梯泡爛。」

我走在東課樓前，瞥見門果然鎖了。連食堂也關了，小賣部買來一卡車泡麵，阿姨連同阿麻不做正事，專用大鍋爐煮不曉得多少開水，讓我們全員吃泡麵。不愛吃泡麵的，也一併游到小賣部，買小浣熊乾脆麵，連同外面的包裝袋先揉，揉碎了吃個乾脆。我正手上捧一碗泡上熱水的泡麵，腳下踩水，嘆了一口氣，直往匯文樓遊，後面不知哪個小桿子不長眼推了老子一把，一碗泡麵皆傾倒入水，麵條還沒化開，是個漂亮的一坨，它也隨著波浪緩緩向前，我從水裡爬起來，看見它已同香腸滷蛋分別，晃到前面一個女孩的後背處，接著，一個翻滾，貼上她白襯衫操。

那女孩還渾然不覺，直至有人叫她，方才醒悟。

媽的，是同班畫素描的若瓦。我已懶得拼寫她更繁複的真名，「若瓦」二字自其中拆解而得。她一定不曉得我這麼叫她，否則便會畫十幾個更逼真的我作為報復，我好怕她這樣。她總在我們不注意的時候畫下描繪我們神態動作的速寫，她是一個純記錄的人，是能讓我們這樣遮遮掩掩鼠輩暴露的人。

我在心裡暗罵：真可謂，一遇泡麵，諸事不便。

---

③ 小炮子：南京話，意指喜歡惹事的年輕人。

1，993

一個人與他的畫像的關聯，便是白天目光所及與夜裡的夢的關聯。然而，若瓦的目光所及，怎會是我的夢？這是邏輯中最大的弔詭之處。我看到的東課樓，還有，其他建築中的那些拐角、天台、長長的走廊，是我的夢的材料，它們在夢中與現實一樣讓人迷惑，在下一個拐角，會走到哪裡？會在哪裡耽擱一些時間？五分鐘前我在這裡，五分鐘之後，我輕手輕腳走去另外一扇門了，哪一個是我？還是說，在這裡環繞梭巡的我總歸會消失不見？同一處所在承載的記憶動作太多，你可能分清楚嗎？哪一些是我，哪一些則屬於另外的遊俠們？

我始終不太明白。比如，能不能在同一個地點碰見一個月前的那個我？就像憑空出現的路人，我與他打招呼，或目不斜視走走走過去，就這麼玩一個時間遊戲好不好。我沉浸在妄想裡面，好不開心。

就算不可能在真實場景中憑空出現，在記憶中也會憑空出現，就與季夏三月腐草為螢一般天真。如果覺得這說法是古人愚昧，那麼我也就無法了，只能告訴你，我們學校的假山池塘確也有例子。原先，那池塘剛建起，其中立有小小假山一座，上面安放著一隻泥塑的丹頂鶴，似正要展翅飛去。我親眼見阿麻他們往裡面放清水，時日一久，清水中生出一些綠萍，這都不算奇怪，那，過了更久，裡面就有一些不是觀賞鯉魚或者金魚的魚類了，一開始極小，後稍許長大一些，牠們的背脊是青灰色的，長相普通。我們做值日時曾經撈到一條，身體扁扁，眼睛深灰如盲（牠們生活在這編狹池塘未必需要視力），鱗片不大不小也無特殊的光澤。嘿，你問這些魚是哪裡來的？學校管理人員可沒多少耐心去養魚。

我喃喃講。苗笛面露不屑的神色，我們正屁股卡在涼亭的馬里亞納海溝裡面（別的地方都被水淹了）議論這些有的沒的，他駁斥我曰：「少廢話了，果真憑空而來。是在我們看不見時，遠方的水鳥悄悄落下休息，牠們的腳上黏有某條大河或者附近那江水裡的淤泥與魚卵，好看奇特的魚的卵都好脆弱，只有這些普通又不能吃的魚的卵默默堅持等待機會。水鳥見此處有仙鶴，哪裡想到是泥塑的，便以為是一處勝景，待到飛降而下，方覺上當了，可惜雙腳已落，遂勉強待一晚也好。這些魚卵呢，抓緊時機，緩緩從鳥蹼的皺紋裡脫離了，一旦入水，即大口呼吸，又像茶葉泡開般舒展，變形，最後長成你看到的這些鳥魚。」

我挪動了一下，把手中的泡麵碗丟到一邊去，我們蹲坐在這裡的姿勢引起過路同學的一陣哄笑，我們假想目前自己在一座孤島上，物資已盡，泡麵尤其值得珍惜，這樣才能真的吃下這碗香辣牛肉烏麵。

就是想說，我還以為這些魚是一滴水落下變出來的，這池塘或許某日也會因陽光照射凝結成水珠，落往他處，再還原為另外的池塘與魚。

*

素描若瓦才不管我輩此等胡思亂想。她坐在教室中間不聲不響，目光沉穩，手裡捏一枝短短的鉛筆。我本不曾注意到她。我大概覺得她每天畫的就是好多女生很愛的美少女（日系的頭髮超長鬈曲還有星星眼那種），女生往往拿漫畫書照著畫，畫完還要用彩筆上顏色，我才看不上，都是些假人。可有一次黃昏，我從校園死角鑽去薇薇書屋借古龍，回來時住校生遊俠們已在，照常叼著菸玩遊戲。我聽說他們之間有絕對嚴肅的血友兄弟條約，其中一條便是兄弟們湊堆玩樂時，誰都不許帶妹子。我從破牆洞鑽回學校，一抬頭看到阿卜捲髮用定型水都定在腦後，嘴裡咬菸，講說要把橋牌興趣班發揚成校園賭博會。苗笛見我，略一點頭，一臉似是而非的壞笑。其他幾個人則是，有人懶懶躺在草上，有人盤腿坐，校服襯衫領口三顆不扣。他們見我來了，和我打招呼曰人民中學群架場子你也去，屌。我說，還好，就是湊個熱鬧。苗笛在旁邊補充講，是偷了食堂湯鍋的大鍋蓋照人臉上直刮下去，把對面小桿子直接刮昏。我哈哈一笑說，俺是校園盲流。對話間，我見到素描若瓦坐在五米遠處，遂頗感奇特。

阿卜那時似乎已然是遊俠的頭目，他手一指若瓦：

「這條妹子要為我們畫群像。」

若瓦似乎對這群男孩頗為不屑，她眼睛偶爾抬起，也只是為了掃視目標，手更是不停歇，在紙上塗塗抹抹。

我湊上去瞧，確實是群像，然而，沒有臉龐，只有動作。奇怪的是，只憑動作便可以分出哪個是阿卜，哪個是苗笛，還有那幾個或坐或臥的小流氓。哎？居然還有從牆洞裡剛伸出腦袋，鬼鬼祟祟的我。一種被抓包的心情湧現，我又仔細看一眼那張紙，萬分尷尬的指著自己說：

「這是誰？」

「你。」若瓦靜靜回覆我。

「不太像嘛。」我仍嘴硬。

素描若瓦沒再抬眼看我了，似乎這本來就是一個毫無疑義的事實了，她對她自己的繪畫技巧具有極大的信心。這讓我有點慌張。遂問：

「你以前畫過我沒？」

「當然。」

「為什麼要畫我呢？」

她一副你少自作多情的樣子：「我們是同班同學，我當然有機會畫你。」

「你什麼時候畫的我。」我不死心到處追問，我也不曉得我怕她看到什麼。

「記不得了。任何時候。」

她說完，又皺眉想了想，告訴我：

「畫的是某個時間段，或是某個瞬間你的動態。時間段是說，在幾秒鐘或者幾分鐘內，你連續的動作變化，而瞬間呢，就是一個動作，或一個神態。」

說話間，她啪一聲合起手中那個硬面的超厚素描本：

「畫完了，我閃了。」

她向住校生們示意：

「多謝。這樣我還差六十八個人，就畫全整個年級了。」

遊俠們擺擺手意思是你要畫便畫，別扯那麼多狗屁閒話，快走吧。

這也真是奇怪的收集癖，我暗暗想著，事實上，我又有點心有戚戚焉，覺得這與我癡心想要拼地圖是出於同一種情感，只不過，若瓦的目標是人，而我的目標是建築，或者更確切的說，是地點。僅此而已。可是，我更愛地點，地點一直都會在，哪怕被全盤摧毀，它也會留下個地標，我們仍會講這原先是某處某地。地點收集記憶，我從這裡走過，如此簡單便生成一段記憶了，別人也一樣，地點一視同仁。最後，我們對某一地點有共同的記憶，而同一地點也擁有我們的各種記憶。

思緒飛了一圈。我及時阻住她：

「好不好把本子給我看看呢？」

「喏。」若瓦大方遞給我。

本子真的好厚，比我看過的所有本子厚三倍。她將這玩意兒放在書包裡重不重呢？不過，我懷疑，她從不帶其他的課本，只帶著素描本子，因我也從未見過她做除了畫畫以外的其他事。這一本已經被畫了一大半，由日期編號，最早的一幅是年級裡某個朱姓男生，我一眼就認出來了，朱生走路有點內八字，且看人伸著頭。若瓦筆下的他有一種可惡的生動，好像他隱約發現若瓦正在畫他，故而踮著步子過來撇頭偏要看一般。每個日期都有好幾張畫，最多的，甚至有十幾張紙的篇幅。也有好些紙上同時畫了數個人的動態，大概就像若瓦所說的，「瞬間」。我默默翻看研究，突然發現有一張全是我，日期是一週前，雨下最大那會兒，我正趴在桌子上扮死人，若瓦畫了睏倦的我的每個側面。隔了幾張紙，過了一兩天的樣子吧，我又見自己，正趴在東課樓鎖著的門前想要向裡面看，身旁那個是苗笛，無所事事，束手站一邊。

每一個我皆是被寥寥幾筆勾勒出動作，可那紙上分明有我的祕密記憶駝峰（我的駝背），還有我伸頭去看向池塘正在神遊太虛。當然，這皆不是連續發生的事。事實上，若瓦筆下相隔的空白時間中，我仍為隱身俠，孜孜不倦，毫無停歇搜尋線索——找那些突然映入視線，浮於記憶的拐彎、暗門以及缺口；那些跳躍與妄想，太多線索，我自己都可能記不得了。若瓦講，畫像與人的關聯，便等於你與你之所見的關聯，可真是弔詭。她觀察到的我的片段，雖遠遠不足補全我揭露我，卻反而在我本來的記憶中又造出新的拐彎、暗門和缺口。描繪我身體姿態的線條看起來好確定，可同時又讓我迷惑——這是我嗎？我盯著那幾頁紙看得好茫然，我肢體的線條埋在其他人肢體的線條之中，分不清誰是誰。若瓦目光看到的種種我，怎麼能夠同時也是我某一個正在追尋的夢呢？

當我在線條中打轉，我忽然愛用另外一個人的目光去看。這是從未在我身上發生過的，我雖心中毫無抵抗，可真的做起來，仍舊是遮遮掩掩。有時我不相信自己雙目，遂去偷偷翻開若瓦的素描本，好在，她除了描繪各色人等，還記錄了一些靜物。這些炭筆包裹與重塑的，也被我拿來當作在腦海裡填補校園地圖的材料，這些為了練習透視從而畫下的走廊，樓與樓的間距，細瘦的垂絲海棠的搖擺枝條，還有假山池塘與丹頂鶴，逐漸與我眼中的那些走廊、樓層明暗、枝條樹葉、幻想之魚重疊了。很明顯，它們並不能幫我更了解我之所見，自然也是不能解開東課樓複雜結構的謎團，但見到它們給我更多隱祕快樂。身為隱形俠，我還未曾發現有什麼人對這學校投以某種一致的目光呢。

我坐在課桌上，翻看若瓦已經畫完的那些本子。第三本，假山池塘裡面多了幾條大魚，齊齊張開或閉合嘴巴，游得極為黏滯。

若瓦瞧了一眼，告訴我：那是上個月生物課的解剖鯽魚之中倖存的數條，可能是受了好大驚嚇，所以呢，統統只用下腹部的魚鰭來游，而且，只會往左游，游了幾步，撞到池塘的瓷磚，撞得掉轉頭，繼續往左游，反反覆覆，像是任天堂卡片機裡面螢光釣魚遊戲那樣，魚群在小屏幕裡同向游，撞到屏幕邊，發出 diu 一聲，回轉來游，背景音還有 piupiupiu 吐水泡的聲音呢。

你看這幾條特別大的，是生物老師偷懶不想統一購買同尺寸鯽魚，強迫我們回家找爸媽去菜場自行購置，待解剖那日帶去學校的。有些家長覺得不可以在魚上面輸了氣勢，於是買得水箱裡面最大的雄霸鯽魚，裝在塑膠袋裡，一併打了氧氣，好去炫耀一下。切，炫耀什麼呀，魚太大太有活力，解剖盤放不下，跳來跳去。老師看了好心煩說得了得了，你們兩人一組解剖一條，按住魚頭，先破壞牠的脊髓神經，接下來仔細觀察噢，解剖刀從魚尾巴那裡的小洞裡插進去，然後，提刀，前移，嘩，肚子便破開了，流出綠油油的魚膽、白色的魚泡、金黃色的魚子。旁邊的雄霸鯽魚隔著塑膠袋看到這一幕好心驚肉跳，卻又不能閉眼，遂向左掉轉過去不再凝視，那魚眼周圍分明泛起了一圈紅色血液，魚不會嚇哭，生氣流淚，可是那種紅色血液就是牠們的眼淚了。

老師猶在說，好了，你們取出魚泡，是不是鼓鼓的呀，魚就是用它調節在水裡的位置哦。魚泡鼓起，魚浮到水面，魚泡變小，魚就沉下去。現在，我們一起來找找牠的心臟好不好。

小朋友遂在魚的臟器裡，用手術刀亂搗亂搗亂搗。

找到找不到都拽出一枚紅色的肉塊放在手心，沒有溫度，也不會跳動的。

他們不肯將逃出生天的鯽魚帶回家，其實也是，帶回家除了丟臉之外（家長會問，難道老師對超大鯽魚不滿意嗎？該如何回答呢），也是不外乎讓牠們進入一個死亡困局。到底是死在生物教室的陶瓷解剖盤裡比較好，還是被爸媽啪一聲用菜刀砸頭，然後於水池中，頭尾曲折碰到剛買的芹菜葉和蔥薑蒜比較好呢？其實牠們在菜市場時就已經是必死的了。我想到這裡，有一種難以說明的悲傷，很快，悲傷被空蕩蕩的下午教室吸收了，我的思緒總被空間吸收，坐著坐著，心裡便什麼都沒有了，好像什麼事都沒發生，記憶空閒一陣子，好歹，鬆一口氣，否則便像是總在屏住呼吸好累。

空了一陣子，我伸伸懶腰，想，或許我們學校的小池塘已是最好的出路了吧，在前路難進，後路不通的時候，小朋友們最聰明，他們就把塑膠袋打開，將魚嘩啦倒入水中，拍拍手，走個乾淨也。

我又翻看若瓦的速寫本。她是冷靜的觀察者。有魚的池塘她畫出那幾乎劃破水面的背脊，而沒有魚的池塘，則什麼都沒有，只存一點水光。那水光亦只是傍晚光線入水的反射，否則這池水就總是黑色的，像一張開著的口，那分明是一池死水。

「目前池裡沒有魚了耶。」我指著那幅最近日期的速寫說。

「嗯。」

連下暴雨，學校幾乎有一半入水，水池的水也漫出來，魚趁機也挨個深吸氣，吸到整個身體都輕飄飄，浮上水面。原先水鳥帶來的那一群對後來的鯽魚說，快跑啊，河水來了。鯽魚沉吟片刻，認得這僅是下了大雨。但牠們想了想，仍一側身，肚鰭用力，挨個兒翻過水池邊緣，向左游去。

「那沒有魚你就不畫魚了嗎？」我無聊問道。

若瓦答曰，我只畫「有」的東西，沒有就算了。

我又講，你只畫「有」的東西，你會不會追問「沒有」的原因呢？若瓦瞄了我一眼，睇睇笑調侃曰，或者更確切講來，我只畫我可以看得見的，你覺得我會不會每分每秒問自己為何「看見」或「看不見」呢？

我說，哦我明白了。你不會用想像力。遂又問，你有沒有畫過東課樓？

若瓦講，我曉得你們這一夥人，你，苗笛，還有幾個你根本就不認識的其他年級的無聊傢伙，你們對東課樓很好奇。我只畫過它的走廊，陽台，以及陽台上的幾個人。我沒有看全過，在我眼中，那是一座不完整的建築。

我沉思不語，任由搖頭電扇的頭搖過來，又搖過去，鐘樓敲響晚七點的鐘。這一刻思緒並無閒置，它在運轉，那裡面，鯽魚與野魚兩群分道揚鑣，各奔左右後，統統順著水游進下水道，從此死生未卜，這必定是唯一的逃逸之路了。

1，994

我又繼續看那素描本。

看到我和苗笛坐在操場看台上發呆，旁邊有一個強化塑膠外殼的方形箱子。我問若瓦，你曉得這是什麼嗎？若瓦說，太遠了看不清楚，我正巧在操場那一頭，只見你們雙腿懸空。

組。

嗯，搖擺雙腿，腳踝相互敲擊，碰碰。

我曰週六那個時候你在學校裡幹什麼？若瓦回：參加學校新開的無線電測向組。

哦，我點頭不再問。

阿麻一邊吹哨子一邊跑來，操場上迴盪他的哨子聲，我們才不管他大驚小怪，逕自掀開打字機的箱子，嘩打字機的孔雀型機簧露出來超級漂亮，在傍晚閃閃發光，它一定是那空間時刻最美最精巧的存在。苗笛抬手啪啪按了幾下打字機的按鍵，很屌的同他講：怎麼樣，我們賠打字機。

阿麻抓抓頭，遂向保安頭目尋了那東課樓大門鑰匙，帶我們進去安放打字機。這是大水後，我們第一次開東課樓。樓道裡一股子爛木頭的濕味，地上皆是黃黃的水漬，牆壁下半部分油漆掉了，石灰泡發。它像是受潮餅乾拼起來的樓，我們好久沒有進入此地，再加計謀已成功一半，皆怦怦心跳頭暈腦發熱，覺得那濕味道真好聞。水並未淹到二樓去，但樓梯一定是由於水氣侵擾，頻繁發出吱呀聲。阿麻邊爬樓邊講你們小桿子做事情真咋呼，開端時死不承認，現在突然拖來東西說要賠，到底是要幹麼事④。我與苗笛跟著爬樓，爬到一半站在那裡等阿麻將門板掀到一邊，對視且笑而不語。

乃至手工教室，苗笛朝桌子上一靠，曰：「將功補過，你覺得好不好。」阿麻講你連同那幫住校生少惹麻煩才是真，年紀輕輕抽菸喝酒汙染校園環境。苗笛頷首，以後注意點。阿麻嘆氣，談心一般說，唉食堂大鍋蓋也偷偷拿了去，你們這幫活鬧鬼多事否。苗笛笑說這可不關我們的事，偷鍋蓋幹什麼，發神經嘛，必定是校外人員順去賣個不鏽鋼錢。阿麻搖頭繼續嘆道不說嘮，你們把打字機搬到那最後一張桌子上去吧。苗笛與我將打字機搬好放好。我說，麻老師，我們還打字機給學校，學校起碼給我們開個收條是唦？阿麻笑講，想太多，學校又不賴皮。苗笛回，還是開一個，一碼歸一碼，按章程做。阿麻遂要找紙筆，我們上摸衣服四個口袋，下拍屁股後兩個褲兜，再攤手，沒帶紙筆。苗笛建議阿麻去辦公室開單子，我們留在此處調試打字機，要賠就賠個周全周到。阿麻曰，小桿子不要在教室裡面亂摸，我去去就來。我們又抽手拍心口，加之陽光微笑，保證一定清清爽爽不再闖禍。阿麻出門口時又回頭凝視我們，我們一邊竊笑一邊投以一個眨眼。阿麻遂離去。我與苗笛碰

④ 幹麼事：南京話，做什麼之意。

碰拳頭，哈哈大笑。

我們都不曉得怎麼笑，只好學電視上武俠片裡人物的笑聲。最愛學的是華山比武後，東南西北中五個鳥人響徹天際久久盤旋方才四散而去的笑聲。不過呢，那種是要運用內力的，試想，那五人皆自視甚高，那笑聲中必定也抱有一較高下的意思，否則豈非丟了面子，況且，站在山巔總不至於小小聲笑吧。討論這話題時，我們也是躺在乒乓球台上，上身躺平，左腿蹺起放在右腿上，晃個不歇，可眼見天的黑幕落下，夜晚要來，我們須得撤回家乖乖扮演讀書做功課的戲碼了。於是，苗笛頗為遺憾總結道，偶爾這麼笑一次就好了，動不動把我們五十年以上的內力運出來太累。我雙手舉起表示贊同。隨後，苗笛又喃喃講，我適合歐陽克的笑，白駝山少東家，一出場身邊一堆美女，爽死了，那一定是得意極了的不發出聲音的笑，人生得意須少年。我便問他，洒家我也要選個笑聲，你覺得哪樣合適？苗笛這時方吐露出他內心對我的敬意，只見他正色道，你是隱身俠，你要隱身，你是不能笑的。就算笑也只能在兄弟我的面前。你就一般的哈哈哈就好了。我有點得意又有點無奈，又問，阿卜應該怎麼笑？苗笛曰阿卜又瘦又帥，他是江楓的笑，微微一笑少女心碎，可惜他完全不曉得打造自己，每天就知道抽那屁菸耍酷，蠢死了。

於是眼下，我們哈哈大笑，好生得意啊，運用了二十年內力也不怕阿麻聽見，且收放極為自如，五秒即停。苗笛點點頭，對我講，事情已經做到這一步，我們便去開那扇小門吧。隨即他目光如炬，掃向手工教室後面的小門。我問，你覺得這裡面有什麼？苗笛講，鬼才知道，從沒人碰過。我上前去擰門把手，果然鎖著。

正是要用錢崇學傳授的磁卡刷門心法。

關於錢崇學神出鬼沒的傳說很多。記得一年無聊某電視台來拍我校風景，號稱有一組重要的民國時期建築值得影像紀念，遂全校清場，全員拘在教室裡看閉路電影。拍完之後，送來一張光碟供師生觀賞學習，午飯時間播放，我啃著炸雞腿時突然瞥見，屏幕挪到鐘樓，下角赫然出現錢崇學愛穿的工裝藍色外套的一個衣袖。與此同時，好幾人都在叫，鬼扯的清場，拍到錢崇學了。果然，他飄逸而過。我想，很少人知道他怎麼做到的，可我知——

他是和我一樣的隱身俠。

各種可以躲避的角落中，我最不愛醫務室，總有種苦苦涼涼的藥味。醫務室的老師是初二年級某一位數學老師兼任的，本來就不笑，戴了口罩便更嚴肅。她只給我們開三種藥，止痛片、退燒藥，以及，諾氟沙星專治腹瀉。她對我們的病情有一種本質的懷疑，總覺得我們的表演太過誇張，實際根本沒那麼痛。一旦懷疑，便加倍冷酷，她會量一量我們的體溫，然後講，三十七度三，算發燒嗎？去小賣部找阿姨要點熱水喝。或用那種壓舌頭的鐵片狠壓住我們的舌頭（她會從一個筆筒狀的容器裡抽取一支消過毒的，一股涼鹹味兒，面無表情說，張嘴），接著用小燈照喉嚨，邊照邊說，舌頭不要動，嘴巴張開，完了抬手將鐵片噹一聲丟進一個陶瓷盤裡（和解剖鯽魚的解剖盤是同一種），她說：扁桃體沒有發炎，回去上課吧。

那一天，我突然覺得一種無法言喻的悲傷，因我聽說拍攝完那組民國建築，學校便要在一年內拆除東課樓、圖書館、小禮堂，只有鐘樓會得以倖免。鐘樓比較美，每年都換個角度拍照，超然印在練習簿的封面上，當然捨不得毀滅它。既然它們都是民國時期的建築，那為什麼要拆除呢？我追問告訴我消息的同桌女生，她難得收起嘲弄又探尋的眼神，嘆氣同我講：這城裡民國建築好多，不是每一棟都保留的。我遂趴下，耳朵又貼桌面聽那宇宙音，這次，同桌女生並無打擾我，她只是挺直背脊，靜靜坐在我身邊。之後，她將我耳朵上面翹起的一撮頭髮按下去，我感覺，幾秒鐘以後，那頭髮偏又固執立起來。她又伸手去按，我躲也不躲，索性把手也壓到桌面上，不講話。她手放在我耳朵上許久。沒有干擾的宇宙音玄妙旋轉，由遠方過來，我聽到星球爆炸和黑洞中的寂靜。然而，我又覺得傻。桌肚裡面會有宇宙的祕密嗎？我所聽見的，無非是遠處的風聲人聲，或者僅僅是我耳蝸裡的聲音吧。這時候，一陣悲傷突然來了。它沉默融入我周圍的空氣，築起堅固無法穿透的一層，唯獨籠罩我，我移動它必然也移動。隨即，悲傷分子侵入我體內，將液體都變成固體，空氣變液體。我首次感受到一種不同於頭痛、胃痛、肚子痛的別樣痛感。

於是我漫無目的走到醫務室，打開門，懶得開口說話，倒頭躺在一張簡易病床上面。醫務室老師照樣冷冷走來，她先用體溫計量了我的溫度，又將聽診器貼住我肋骨，不曉得聽什麼聽了一陣，之後祭出最後法寶，那個鐵片，她一定是好好觀察了我的喉嚨，因為燈照了好久。這些都結束後，她問我，怎麼了？

我講：我身上疼。

醫務室老師回曰，你沒生病。

我則閉口不說話了，她在床前俯看我，讓我覺得好壓迫，與她講：好不好把止痛片百服寧白片黑片還有諾氟沙星都給我吃幾顆？

她手伸向我額頭，像醫務室四周的白色都向我擠來。我遂避開了。

醫務室老師便沒有再理會我，逕自走開，放任我在這病床上面躺一會兒。我閉眼，疼痛仍未散去，正在由胸口擴散至四肢，像被某種沉悶攫住了，我無法動彈。我聽見下午課的鐘聲，可我不想睜眼。就讓時間空走一會兒吧，我暗暗向小禮堂、圖書館、東課樓道別，在道別倒數前，總要有幾秒時間留白的，好讓我們數一二三開始。我又任性，不想真的要道別，遂停滯於滑動的時間之內，由著自己雙手雙腳頭顱肩膀陷入巨大失落。我要睡著了。

再睜眼，發現隔壁的另張床上躺著一個男孩。男孩也瞧著我，詭異一笑。他居然沒穿校服，只著一套單布全身藍色的工人裝，看起來比陸元還蒼白。他翻了個身，側過來用手托下巴，問我：你生什麼病啦？

我不想告訴他原因，遂反問：你是什麼病，為什麼醫務室老師沒把你趕回教室？他表情十分奇怪，好像得意又帶著零星心酸，對我說：我的病好不了啦。

我才不相信他小小年紀會得什麼治不好的病，於是轉過身不想再和他講話。事實上，這節點我不太需要病友與我聊天，只想一個人待著。

男生不依不撓，於我身後輕聲說：醫務室老師去上數學課了。我覺得你也是一副得了治不好的病的樣子，是不是？

我仰面朝天，盯著日光燈管，現在燈並沒有打開，休息室的窗簾也半拉著。實際上，我們在小禮堂的一個房間裡面，據說是原先神父住的。有點光線由木格窗裡投射而入，房頂好高，但屋子實際卻又狹小，我們像是於一口井中，離地面與天空都好遠的感覺，外面正在上課的那些人和我們全然沒關係似的。我只想躲在這洞穴一般的空間睡個不省人事。

可那男生又小聲說：喂，羊角風你聽過沒？我是隔代遺傳的羊角風。

我在電視劇裡見過，得這種病的人往往突然發病，口吐白沫，狂翻白眼，在親朋好友面前滾來滾去的。我忍不住問他，你是這樣的嗎？

男生嘿然一笑，並未回答這問題。他也仰面朝天。

我們都沒再講話。直到下課鐘敲響時，他方才接著曰：「我可不想在同學面前滾來滾去。不然哪怕再天真的人看到我這副怪樣子也會被嚇到的吧，大家總是說，生病沒什麼大不了的。其實可不是這樣。人們最怕他們不能掌握的病，連同不幸身染這些疾病的人在他們眼中也變恐怖，好像我們就是疾病本身，其實，只不過疾病抓住我們的身體，硬要表演嚇人的把戲而已。羊角風發作之時，我便覺得我早就不是這身體的主人了，我魂魄上升，躲在上方的樹枝裡面，看人圍上來，一開始自己也覺得好怕。幾次之後我變固執了，我不會讓羊角風想要表演的把戲得逞，它在我身上發作的種種，都不會再有什麼人看到，如此它便無法得意了。反正老師們皆知道我的病，我又好會躲，一覺得它要和我鬧脾氣，我便躲起來了。」

那男孩講演結束，抿了抿嘴，還是要問我：「你到底是怎麼了？」

我嘆了氣，同他講：「我心裡難過，身上也痛。」

他沉默片刻，以一種與疾病異常熟絡的老練口吻告訴我：心裡難過，身上疼痛與真的生病是三種不同的概念。

喔，我答道，又問，你平時都是躲在哪裡的？

難道學校裡還有我們沒有躲過的地方嗎？可我幾乎從沒見過眼前此人。如果他沒在吹牛，一定是有其他的飛天遁地的功夫了。

他由床上坐起來，環視左右，講：老師還沒來，我們要不要先走掉？我帶你去見我的藏身之所。

我遂跟著他來到操場。有幾個班正在上體育課，跑道上全是人，他們練習往復跑，一個一個循環著，竟是毫無停歇的意思。男生拽我閃到看台下面，突然在我耳邊說，我叫錢崇學，你喚我崇學就好了。又講，躲藏的第一步是讓別人看不到你，並不是讓你立刻躲起來，而是說，你須得使其他人對你視而不見。自古代大俠客到今日最優秀的間諜都這樣幹的。我點頭，覺得他說得甚有道理。之前我雖想要隱身，但無奈往往我還沒躲呢，就被若瓦或同桌，甚至苗笛注意到，一定是此處便出了紕漏。

崇學又拉我靠著牆壁，他雙目看著對面的杉樹，身體一動不動，淡然曰，隱藏的大忌是你隱藏是為了讓別人找到你，注意你。若是你隱藏前便這麼想，你一定是躲不久的。

我的心突突直跳，好像他突然看穿了此前的我。遂逕自沉默了。

他眨眨眼，繼而說，吶，你要想著消除自己的身體，融入你所在之地。這便是大隱隱於野，小隱隱於市，我們這種小小隱隱於菜市場的要義了。緊接著，他突然矮著身子，拉我鑽入看台下面的一處小空間。

可這裡平時是鎖起來的，你怎麼開的門。我大奇。

看台下面幾乎堆滿雜物：乾枯拖把，生鏽啞鈴，破了好大的洞的籃球，嗯，兼有兩個不知道從哪兒拆下來的籃框，以及束起的排球網。我聽到頭頂有咚咚響聲，多半是又有人爬上看台了。一縷陽光從左邊的兩格氣孔裡透下，光線之中，灰塵狂飛。

崇學曰：此為狡兔一窟。

我想席地而坐，可地上灰太多。於是崇學從角落某處取出一疊過期的校報。我們即坐在校長的臉上。他又翻出一盒鬥獸棋和一套《阿西莫夫最新科學指南》來，炫耀說，喏，我都是靠這消遣的。

外面熱鬧得很，哨子吁吁響，一整個班的女生練習蛙跳。我們卻躲在他們眼皮下面，閒閒聊天呢。我不禁心有所感。崇學看我這樣沒見過世面的樣子，說：這裡不算很好，夏天熱極了。我有更好的去處，找到那處所在之前，只好就躲在這裡。其實我並不太會經常發病，可是，羊角風實在飄忽，你不曉得它什麼時候來，只得略有跡象就自己找個地方待著。我沒在學校發過病，卻仍忍不住屢次要躲，有一次我覺得它是要來了，便來到這裡，夏天四十度，我一人坐在裡面，想像自己是機器人，然而，機器人怎麼會流汗呢，我的汗水從頭髮流到眼睛裡，流到脖子裡，我咬牙想，這時候羊角風若是來了，我更要坐住不動，熱死它算了。

接著，他自口袋拿出一張電話磁卡，上面印著希區考克的照片。他搖搖卡片說：

這是一張軟卡。靠著它，我能刷開學校裡的大部分教室的門，只要是不超過十年前至今的老虎牌門鎖、錦標門鎖以及牛頭門鎖的範疇，我便有把握了。我都趁傍晚放學時練。第一次成功是刷開食堂底樓大門，我忍不住走進去打開冰櫃，連吃兩根雪糕。吃完好後悔，但是，羊角風患者皆是身體好熱心中焦慮，超愛吃涼的。

我頷首曰我能理解。然後問他：

「你去過東課樓沒？」

崇學思索片刻，緩緩道：我一直懷疑學校換過東課樓一些常用教室的鎖，那些新鎖不甚難。不過，它自己原先有兩種鎖：一是那種老式的掛在大門把手的鎖，根本就沒法下手；另一種鎖已超過十年年限，機簧不一樣，刷開機率極小。有一次我不曉得怎麼走到了四樓，見到一道小門，上面掛著好老清代樣式的那種銅鎖，方形的。

進入某個空間亦需直覺，有時，你甫一跨入便覺得舒服適意，極想在那裡待著。可有時卻心中忐忑，好像總有種走不出來的感覺。崇學摸摸頭補充道，一進東課樓我就想走，躲不住。

我們接著蹺課練習隱身，奇怪的是，並沒有人關心我們在不在教室。我提議一邊吃雪糕一邊逛個痛快。崇學真愛吃雪糕，他先吃一枝奶油葡萄的，又吃一枝糯米團（糯米外皮加奶油冰淇淋），再吃一個草莓可愛多，我從沒見過可以在如此短時間內連吃那麼多雪糕的人，故而也暫時忘記東課樓要拆的事實，與他一併走得興高采烈滿不在乎。大概大家早已習慣崇學缺席，他缺席，他的疾病便也缺席。沒人會知曉他帶著羊角風祕密兜兜轉轉，像是在這時空中片刻不能留步一般；像是一旦停止，那祕密也就會洩漏。我呢，則想像著電子遊戲搬運工裡面遇到的障礙磚塊，於瞬間依次閃爍著消失了，好讚。最後，只要是鎖著的門，崇學便拿出希區考克加持的電話磁卡，閃電刷開。我們挨個兒去看生物教室、化學教室、物理教室、廣播間、圖書館裡的閉架書籍儲藏間，還有好多長得差不多的空白教室。

那日下午，崇學從未失手。

1，995

於是我拿出崇學給我的希區考克電話磁卡。本來他傳授我心法之後，我打算自己去弄一張軟硬適中的趁手新卡。可是崇學曰：你會不會有時候有那種借了同學的鋼筆，字也寫得像那同學的感覺呢？其實道理是一樣的，物品也會沾染上使用者的氣息，你用它次數越多，它便越馴服與你本身的性格融合，最後就如同你自己了。這張是我的幸運卡片，我連見到希區考克的臉都覺得好親切，你拿去用，保證你前十次刷門皆能成功，等同於我在做。我頷首接下。崇學用手壓了壓前額的頭髮，又講，這次你來找我也算碰巧，我已決定放棄看台下面的隱身場所啦，太吵太熱，又之，過陣子體育老師要清理這裡，清理罷了用來存放他們自己的打球用品，真討厭。他又眨眼，你來我才會開門，懂不懂？我也笑講，下次還請你吃雪糕好不好？他嘿然拍我的肩膀曰，別收買我，下次你就找不到我了。我心裡遺憾，知再問他他也不會告訴我另外一處藏身地點在哪裡。於是只說，磁卡怎麼還給你？崇學輕輕講，送給你吧，記得只有前十次是保證有效的。他又理理藍色衣服的領子，我見他臉龐、衣服、鞋子、手指皆異常整潔，知他是個注意自己儀態的傢伙，不肯暴露任何羊角風端倪，一定會躲得更隱蔽。便有意講，我才不找你。他嘻嘻一笑回說那更好，記得別妄想刷開印刷室偷測驗卷子噢。我問為什麼？崇學晃晃手指講，那個刷不開的，裡外兩道鎖。

好了。他又拍我肩膀說，再會。說完便鎖上小室的門，繼續讀阿西莫夫。

崇學對我說：要慢慢將卡沿著門縫插進去，然後找到鎖舌最薄的部分，再用一下力，借助磁卡彈性將鎖舌從插銷裡面打回去，如此，悄無聲息門便開。無論懂不懂門鎖的構造，只須手感與想像力，不敏感可不行。

教室是深灰的。

我與苗笛蹲在教室的小門邊。我先將耳朵靠在鎖孔上面，聽到裡面的空間轟隆隆。苗笛說，你好緊張，這是你自己的心跳。我搖頭。真的未必，這許是東課樓搖搖欲墜複雜結構材料之間的摩擦與撞擊聲呢。在我聽來，這建築似傍晚微微顫抖，與不遠處新樓建造時的打樁聲對應共鳴。它大抵是已經知道自己要被拆除了的。我耳朵移開，手指按住鎖眼，心裡面有一種異常微小纖細的觸動，好像，我的內臟也同樣鼓譟起來了。接下來，我向希區考克與崇學許願說，閃電刷門一二三。希區考克的臉碰到鎖舌好扭曲，那門應聲而開。

其實可能早已猜到的。早到什麼時候呢？大概是我與苗笛出動去買打字機，船至江心的那個時刻吧。門緩緩移開，其中乃是一處三面水泥的狹小空間，水泥已將一切封死。

灰色於眼中加深，我轉頭對苗笛說：

阿麻待會兒就來了。

即抬手將門又鎖上了。

*

待阿麻引領我與苗笛走出東課樓，黃昏最後一絲光線居然已沒入夜色中，黑色沉沉。阿麻曰：事情辦好了，你們快回家。苗笛則回他，有事和住校生講，好不好？阿麻瞪他一眼，佯裝生氣說，有什麼事情不能等明天說啊，晚回家你爸媽講你嘞。苗笛笑曰，煩不了，不怕爸媽，偏今天要講。阿麻遂放我們自行去耍。他還不放心，扭頭告誡再三。苗笛再一次陽光笑容，露齒保證說不會啦，我們待一會兒必然走。

我與苗笛兩人其實沒什麼事要做。只不過晃蕩到乒乓球桌，又晃蕩到操場看台。我想起崇學，經過時用腳踢踢那看台下的小門。這個鐘點該是無人回應了，小門發出碰碰聲。我抬腳走開。我和苗笛都沒再說東課樓了，就是單純沉默著一起走。

學校裡兜了一圈又一圈。直到住校生們吃飯歸來，手中鐵飯盒已洗淨，哐噹直晃。幾個認識我們的，也是點了頭後，便逕自向宿舍去了。我將雙手舉過頭頂，百無聊賴繼續沿東課樓、小禮堂、操場、鐘樓、小池塘、圖書館再繞一圈。天空延續了前段時間雷雨期的大致風格，晦暗不明，月亮在雲中是模糊一團，反而，只有天空邊緣被遠遠的城市燈光照得微亮微透，顯出一些雲層零星半點的層次與形狀來。天一黑，熱氣便也往下退了，泥土裡的涼意往上升，我們上身有點熱，雙腿雙腳有點涼，也像前陣子走在大水裡。草的氣息更明顯，漸漸，到處都是植物的清香與影子。我們又行至操場看台，繼續坐在其邊緣晃腿。這時苗笛微微嘆氣一口。

我沒理會他。

視線放空許久，思緒在時間裡面停下。我尤其不想回家，就想拖拽著，多一分一秒也好。有人遠遠從操場那頭走來，嘴邊一個紅點明滅，原來是阿麻。他走到近前，凝視我二人，曰，還沒走啊。我抬眼見月亮從傾斜天空那頭慢慢爬，爬高了幾十釐米的樣子，慢慢回他說：

不想走。

阿麻呵呵一笑，再曰，奇了，其他人覺得在學校要上課念書考試整天面對幾個老師，好不煩擾，回家還來不及，你們倒是每天屁股長在操場上一樣，怎麼都不肯走呀。

苗笛回說，你管我們閒事。

阿麻打他頭曰，亂噏⑤，我當然是管你們的。卻又說：不想走，看我放風箏吧。說罷右手突然抖出個奇大的三角形風箏，嚇我們一跳。阿麻放風箏不像有些矬人，要一人手捧面對風向，另一人喊放手，然後牽著線猛跑猛跑。那太言情。只見他等風起，風起後遂手臂一揚，風箏便呼啦上天，阿麻牽引棉線，風箏越爬越高，逐漸靠近月亮。最屌的是，阿麻在風箏上面裝了一組星星形狀的彩燈。怪不得要天黑才放，這天象，看起來便是狗皮膏藥般貼在空中的白月亮旁邊有一顆巨大誇張的星。

無論如何，我們亦走到阿麻身邊往天上瞧。

阿麻吸一大口菸說，小桿子不肯回家，是失戀啦。

苗笛回講：失屁戀。

阿麻呵一聲，遂不搭腔。

只見風箏在雲層中穿行搖擺。過好久，他說，我就喜歡這樣。月亮旁邊飛個星

⑤ 亂噏：南京話，胡說八道之意。

星。我便是那個放星人。

2，1

雨勢變小，學校著手清空圖書館，先將十幾個老舊書架拋到死角草地，將草地另外一邊堆得暴滿。遊俠們遂在原有的垃圾與這堆書架之間活動，隱蔽性絕佳，若只走到缺口見不到他們，須得先繞過書架障礙，方能發現這幾人仍坐在老位置抽菸。過了幾日，又拋進來幾張轉椅，阿卜想了想，將本來就丟在角落的破桌子放下一張來，搭配上轉椅與書架，儼然便是一個簡易書房了。阿卜吃完晚飯，將飯盒往書架上面一擱，並不著急玩強手棋。待晚風吹起來，死角略帶廢棄傷感，卻看霧氣升至半空，月亮被遮蔽成了半截不知道什麼的發光玩意，這時分，他坐在轉椅上轉來轉去，轉到頭暈，遂趴在桌子上摸黑寫信給妹子。大家嘲他。他甜甜一笑曰，氛圍對了。

我從未見過阿卜這麼笑過，嘴唇翹得更厲害，臉頰一側泛出一隻深深酒窩，眼睛也瞇瞇的閃出光。他天熱之前將頭髮小捲一併剪了，露出額頭，笑得眉毛都飛到額頭上面，所有人皆不寒而慄。又過數日，剩下的幾個人也一道發瘋，將轉椅搬正，坐墊調得極高。有時候我視線被遮擋，便只看見這夥男生半閉著眼睛，像坐在半空似的堪堪旋轉著，然後，屁股齊齊扭動，越轉越快，轉得不停，且抽菸也不停，那煙霧便在他們周身化為龍捲風一般的形狀了。真是，一群神經病。再後來，我發現苗笛亦被震到，有一次享用學校後門的餛飩方畢，他便提議我再吃一個蘿蔔絲餅，我好飽（而且回家還得吃晚飯呢），可仍捨命陪他狂吃，然後，他要買無花果絲，我亦無反駁。可是，無花果絲才歇，他還要弄兩包酸梅粉來嗑。我摸摸頭驚奇曰苗笛你魔怔啦。苗笛失了之前歐陽克的爽笑，只眼神怔怔，半癡半嘲的撇嘴一字一頓曰，是氛圍到了。我無語，只有在心中重複TMD⑥一百遍。

這段日子，對面人民中學的小桿子無鬧事約架，或許也是被重複的雨弄得好睏倦。遊俠們更百無聊賴，忍無可忍，將阿卜從椅子上扯下來。苗笛講，阿卜你對妹子一笑就成功一半，寫哪門子鳥信。阿卜回說你不懂，絕對不懂，光笑怎可笑出我心意。大家又集體嘔吐。恰逢廣播社找我替班放送歌曲，他們便拜託幫阿卜點歌。我收了二十頓夜宵（寫字據，按手印）賄賂，當天下午，播放〈梁祝小提琴鋼琴協

⑥TMD：網路用語，為「他媽的」之漢語拼音縮寫（Ta Ma De）。

奏曲〉，播到全校——內至每個班級每排座椅，外至聲波可達到的餛飩攤、炸雞肉串里脊肉攤、蘿蔔絲餅攤、滷海帶節攤等結界之邊緣，皆慘情。播完，我幽幽道，某某班級阿卜，點首〈梁祝〉送大家，要對大家說——早戀沒有好結果。待到放學時，苗笛飄然而至，果然，他恢復正常，笑曰一個讚字。

閒閒度日，學校又不知道從哪兒丟過來幾隻大木箱，一夥人精力無處發洩，便玩起拼圖遊戲，用課桌、轉椅、書架、木箱以及種種建築廢料拼出一個既目障又有路障的八卦陣，猛練起凌波微步。有天我和苗笛找人，卻被困於八卦陣中胡亂打轉，只聞笑聲不見人影的。我等正焦躁，忽然聽見阿卜在外面一本正經的悠悠說：你們從死門而入，則必然是不可能從生門出來的。你們再退回出口，重新由坎卦進來，走至坤卦，便來到俺眼前。苗笛火大，惡向膽邊生，隨即抬腳踢翻兩個木箱，又嘩的推倒一個書架，曰去你媽的，聽你亂扯才叫見鬼，你剽[7]我一次，老子我打你十年。阿卜急急笑迎出來，講：兄弟莫氣，開玩笑的開玩笑的。幾個人便又是一通亂喝。

雨勢漸猛，大家用書架書桌搭起一個窩棚，鑽入其中看雨，並隨手挖出地上的石子向外彈，再點菸朝水幕裡面直吐煙霧，漸漸的，也冒出一些莫名的愁緒，哀嘆往常的好時光再也回不去（saudade[8]是也）。阿卜講，這圖書館是快要拆了吧。苗笛回曰你又不看書，傷感個鳥。阿卜搖頭再講你不懂你不懂，我乃是完完全全的不變更主義者，東西壞我也捨不得丟，何況這樓我可是看了數年有餘。苗笛講，狗屁，你勤換妹子。阿卜嘆氣，妹子歸妹子，圖書館歸圖書館，你不懂。苗笛遂嗤笑。

過了一會兒阿卜又心事重重說，夏天一到，白老鼠出生率好猛，怎麼搞。我回，賣給陸元讓蛇吃呀。阿卜回陸元的蛇每兩週才吃一隻鼠，指望牠，太科幻。我點點頭講，那你去找陳擇，每賣一隻，你四他六分成。阿卜曰，我三他七我也願意，近親繁殖好讓人絕望，會不會有天我掀開木箱，發現牠們生出一個怪物，能長到暴大，是個復仇與破壞掛的巨型白鼠，一腳踩平鐘樓，尾巴橫掃過匯文樓，再吃光所有人。我搖搖頭：那是核輻射才能搞出的效果，你沒常識。

討論完這些有的沒的，大家伸懶腰，好無聊好無奈。雨水侵入骨頭裡面，每年皆有這一時刻，什麼都不願想，想了也不想做，心裡本來那熱呼呼的一股躁動也似被雨水澆透，涼涼的。我們繼續待在廢墟裡懶得淋雨走去校門。阿卜盤腿，用手撐

---

⑦ 剽：南京話，指說話打趣，或者騙人，或者諷刺。多用於朋友之間。
⑧ Saudade：葡萄牙文，鄉愁之意。

地，前後晃。晃一陣子，繼續散菸，彈出一支給我。我即又彈回去。但是，我卻任由被水氣弄得濕漉漉的煙霧先於眼前飄動，復進入眼眶中，直到我雙目酸痛，好似，睏倦欲流淚也。

2，2

圖書館丟出許多書至紫藤長廊，有些裝在大紙箱裡面，有些則就這麼散落或者疊成一摞，擱在長廊的石頭凳子上。早晨丟出來，還來不及挑揀，卻又下雨了，水滴從紫藤層層葉子間落下，將書頁泡得皺成一團，黏在一起。後一頁紙的內容映在前一頁紙上，那紙變成半透明的，顯得密密麻麻不知所云。可我們不在乎，下課鐘一敲便奔襲而至，在書堆裡面挑挑揀揀。可惜，書都太舊了，無甚多可讀性，大多是《家庭百科小知識》或《中草藥基本常識》這種我們平時肯定不會借的。也未必啦，苗笛突然講，哎，我借過這本《三十種淡水魚飼養方法》。我不相信，他遂翻到最後一頁的書卡，赫然，孤零零寫著「苗笛，二〇XX年九月十六日」，歸還日期則是十二月二十號，超過兩個月未還，記錄罰款八元。我拎起書，又看一次，笑問他：你養什麼魚要看這書連看三個月。苗笛隨口回，紅燒鯿魚，希望養大了牠自己會紅燒自己。扯得很。我們又趁上課鈴聲未響翻看那書，一大滴水珠從上方落下，啪一聲打在我腦袋上，好涼，但我不理會，甩甩頭，將細小水珠甩飛出去。我們翻到一頁印有黃鱔照片的，我講：黃鱔也算魚哦？苗笛指著書上寫的，「黃鱔：普通淡水食用魚類，無鱗，可於魚塘混雜蓄養。」我儼然還不太相信，苗笛又指：「……會發生性逆轉……」好酷。我仍將信將疑，這種雌雄同體，變化多端的怪傢伙和一般馴良老實的鯽魚、鯿魚或是鯉魚放在一起，總有不太合適的感覺。

苗笛啪一聲合上書，講：可這也算科學書嘛，學校總不會買印有錯誤知識的書籍糊弄我們。

我說，不一定。於是隨手翻開《家庭百科小知識》，吶，這類書幾乎名字都差不多，每一家都會有一本，只作廁所讀物或死馬當活馬醫時方才使用，裡面盡是一些莫名其妙的內容，可往往爸媽一看到就立刻五迷三道，比如我現在翻到的這條：

「治打嗝不止方：將右腿小腿內側朝上，取膝蓋到腿腹距兩指的位置，緊壓按摩三十下即瘥。」

讀畢，會不會真的伸出小腿，一邊仍源源不斷吐氣，一邊堅持數數直到三十？

就知你忍不住。反正就試試嘛，不成功亦不會變為永久性打嗝，姑且信之。

翻到第三百七十一頁（這種書一般極厚），又來一次：

「打嗝不止的治療方法：一般人認為打嗝會因突然驚嚇或猛喝涼水而終止，其實不然，專家發現更為簡易的治療方式——保持深呼吸狀態五秒（此間隔內不可打嗝），再猛然吐氣後大笑三聲，即幫您迅速免除煩惱。」

細讀之下，兩段話之風格乃是截然不同。第一種文風真也古樸，你看那個「瘥」（即「瘥癒」的意思）可是上至唐宋方書；可那後一種卻的確樂觀向上，頗具說服力。然後，再翻至本書最末，一九八一年中國科學出版社出版，首印一萬五千冊。如此這般一本正經，言之鑿鑿，你信哪一個？

2，3

天氣熱起來之前的某日，圖書館吐出最後一批書。據阿卜他們說，同一天的夜裡，超大流星錘機（真的叫做流星錘機嗎？）便開進學校，將圖書館幾面承重牆與關節部位砸斷，遂聽轟一聲，這建築如此塌了。阿卜講那大概是凌晨一點過十分的事，他當時並未睡著，正躺在上鋪冥想，忽然聽到一陣子巨響。阿卜感嘆好難過，知道是圖書館畢竟不能倖免於難。那響聲太巨大，以至他們那棟宿舍樓，連同整個學校齊齊顫抖起來。他翻下床，穿上拖鞋踢踏跑到底樓去瞧那箱白鼠，跑到一半仍能感受到樓梯仍在搖晃。似乎碎磚塊、斷鋼筋、混凝土殘片仍於不遠處暴雨般狂落而下。待他終於站定，掀開木箱，看到那一窩白老鼠也被響聲震動所驚嚇，竟在黑暗裡面一動不動。真的沒有一隻動彈，阿卜講，每一隻都緊緊伏於箱子底部的木板上面。等他掀開看了片刻，牠們方才挨個站起身，鼻翼抖動，卻仍是半點聲響也無。無聲無息中，幾十上百雙紅色眼眸閃閃爍爍。

第二天早晨，工人將圖書館的廢墟全盤圍起來，欲逐步清除殘骸。並無下雨了，粉塵輕飄飄的，飛得到處都是，關上窗也沒有用，它們好像能從各處縫隙鑽進來，撲啦啦像是正在飛舞的粉蝶，扇動翅膀停於我們的頭髮與課本上面。有時候老師剛在黑板上寫下一行算式，這些蝴蝶灰塵便撲上去，使整塊黑板都變朦朧。它們也落在眼睛裡，我不想讓人幫我掀開眼皮吹去，反倒用力睜大雙眼，任由沒有意義的眼淚聚得整個眼眶都是，便可以帶著灰塵流出來了。接連幾天，有更多廢棄的桌椅被運向不知道哪兒，圖書館草坪邊散落許多原先的圖書卡，被人踐踏得久了，只依稀可見宋體抄寫的書名的幾個筆畫。

我在最後一批書裡面找到《阿西莫夫機器人短篇小說集（上）》，下冊不知其蹤。以前聽崇學講起兩次機器人的三定律，我仍然記得很清楚。第一：機器人不得傷害人；第二：機器人應服從人的一切命令，但不得違反第一定律；第三：機器人應保護自身的安全，但不得違反第一、第二條定律。我聽得崇學說：這個是我的人生準則，因為我經常覺得自己是機器人。我猜他一定滿愛這本。

於是，我轉向苗笛，問他：剛在挑書時，你有沒有見到誰拿了下冊？

可苗笛卻說：我蹺了一節體育課提前把所有的書翻過了，沒有見過下冊唉。唉？這是科幻小說耶，也說不定圖書館丟它之前，就有人借走了下冊未歸還呢。

我翻看書後的借書卡，最近一次借閱是兩個月之前了。借書者是高二某人，那傢伙並不難找，是個胖男生，邋邋遢遢的，我在走廊上面抓住他：你是不是借過阿西莫夫短篇小說。那男生嚇了一跳，混混沌沌講：好像是吧。我又說，你借了上冊，有沒有借下冊？男生抓頭曰記不得了。我切一聲：有沒有看過你也會記不得哦。

他卻翻了翻眼睛，回我說道：那麼多書，那麼多句子，我幹嘛要每本都記得？

我沒再追問，只不過心裡也回翻一眼，想，你這都記不得，那還讀個鳥。然後我轉過身去，丟出一個「哦」字，閃走。走了幾步，我又暗自嘆氣，怪不得他們首先拆除的是圖書館呢，但若如果我是圖書館，乾脆先自行倒掉，反倒落個乾淨了。我喜歡圖書館裡桌子的木頭味和紙張氣息混合一處，儘管那沒什麼特別的，只不過是灰塵與舊紙固有的味道罷了。有時候，體育課上到一半，我就從跑道上徑直落跑，直上圖書館二樓，從側門進去，管理員懶懶頭撇我一眼，又低頭去練習抄寫宋體字了。他從不問為什麼有人在一堂課的中間來到圖書館。而我剛跑完步仍心跳不止，無法立刻讀書，遂把書墊在桌子上，耳朵放在封面上，如此，聽見字紙鳴叫。字與字互相撞擊，真確的知識與捏造的知識互相撞擊，還有書名與書最後一頁卡片中借閱者的名字互相撞擊，躁動不停歇。

另外的時候，我將書借出來，躲在紫藤長廊邊的大灌木根部空隙裡面讀，或者晚上跪在小床邊的墊子上面讀，這時刻，我會因為某種祕密感而忍不住發笑，假裝自己是書裡面的一段話，或者哪怕只是開頭某個字的唯一閱讀者。我又明白這超傻，因為我早就翻看過卡片，看有沒有人與我讀過同一本書。大部分名字聞所未聞，偶爾也會有本年級的老師與學生。如果操場閒晃時碰到其中某一個，我就忍不住想，嘿，我認得你，兩個月前你也借過這本《成吉思汗的寶藏》（這是一本遊戲書），那麼，將正確選項都標註出來的鳥人是不是你——圖書館大概是我與學校大部分人的唯一聯繫所在了。可惜它一旦被拆，這僅憑一張書卡便可祕密交流的荒誕浪漫便不復存在，可偏生最後拿到的那些丟棄不用的書，不是少了一頁，便是上下冊缺了某一本。好難補全，想到便更讓人難過。

我又晃到崇學他們班，跟住一個女生問：錢崇學在不在呢？

那女生回頭瞥一眼崇學的空桌子，講，好幾天沒看到他了。

我心中又失落一陣子，便愈發想要找全阿西莫夫。像是固執要往地圖上面再拼一塊，卻忘記那只是一本書而已。

2，5

我在一個傍晚走去南都舊書店，出校門向左沿中山路行進一小段，拐入廣州路再向隨家倉前行。夏天來臨，傍晚更嘈雜，路上來來往往皆下班騎車回家的人。雖快要下雨，可仍有一隻太陽裹在積雨雲中，光線斜斜照射於我的頭頂，汗水滾滾而落，又因書包擠壓，像是要融到背脊裡面。路邊樹木的枝葉間已有夏季的第一批新蟬膽怯鳴叫，在我耳中鼓動出一片沉悶噪音，如同在水中，而這些發出聲響的，在身邊移動的，皆隔著水波直直搖晃一般。

我才不理會身邊的虛擬水波，在未抵達隨家倉精神病院前的一個缺口，便一個側身，繞過數輛三路公車（書店就在三路公車站內），進到書店之內。這瞬間，好像是由水走入密度更高的某種液體，周身的空氣比外面更要沉悶黏滯。只見，眼前無論何處，都被書塞得滿滿的。書店老闆坐在門口，正繼續把他回收而來的各種紙張書簿一堆一堆摞整齊，打算在店裡隨便找個空隙，一塞了事。可地上，書架上，包括垂直空間，哪還有半點地方？於是他找了一圈，最後只得來到我身邊，叫我挪一挪，將這堆勞什子往我腳邊一放，便走開了。寸步難行，屋內又昏暗，我踢開一堆不曉得是什麼的書，又在另外一堆之中上下亂翻。翻了一會兒，毫無頭緒，手掌倒沾了一層黑灰，不知這些書在此處存放了多久。我找出本《冷兵器知識》，還有十幾冊根本是全新的《周易正義》與《推背圖》，另外兼有二三十本一模一樣的野雞出版社出版的《八大山人繪畫全集》，將朱耷的畫兒全數縮小成手掌大小的尺寸，印在一本薄薄的冊頁裡面（怪不得賣不掉）。之後又一本《敦煌古俗與民俗流變》，落入手，翻開一看，裡面密密麻麻全然是看手相面相和解夢，共有七八十張手掌，其中一張上面畫了七粒黑痣，曰，掌中有此北斗七星黑痣者帝王之命，朱元璋腳中亦有此黑痣，為開國皇帝也。

我動了動肩膀，累斃了。

從未被這麼多書包圍。

書店極大，卻只有一管白熾燈滋滋閃動著昏白光線，幾十個排書架連同充滿紙張的空間延伸開去，逐步隱於黑暗。電扇在遠處搖曳，轉得好慢且已經喪失了搖頭功能，只往一個固定莫名的方向吹著小風。我在書店深處，滿身是汗，衣服貼在身上，好茫然蹲於一座廢紙山的山峰。耳中仍有噪音，好像是這無數的書在爭著張開細小的嘴，要朝我傾吐內裡紙張上的全數鉛字。這時候，外面雷聲轟鳴，陣雨來了。我朝門口望去，水霧爭先恐後湧入。屋子內外的光線好相像，都為沉沉的一片壓迫之色，就是那種噩夢裡的背景色。喏，剛才的那本敦煌解夢書裡這樣寫：夢見大雨，初夏吉，秋冬凶。夢見紙張，吉。可是媽的，搞成這樣，讓我如何尋那阿西莫夫下冊的下落？

我又黯然，這些擁擠在一塊兒的書，不管以前曾經被什麼樣的人讀過，淪落到這地步，一定少有機會再被翻閱了。嗡嗡聲猶在，我想，便由得它們趁此機會吐露一些心聲吧。我遂閉上眼去聽，書太多，語詞太多，又混著外面的雨聲，漸漸，我什麼都聽不清了。

雨下得更大，書店老闆趕緊又挪進一堆書。這一堆卻有點條理，統統是地圖集。最上面一本是摺疊彩圖大開本版的《外蒙古全圖》，然後又跳到《山西的名勝古蹟》。我隨手翻看，問老闆：「你這些書都是從哪裡買的？」

老闆仍低頭摞書，回曰：「地方多了，廢品收購站、垃圾站、學校圖書館。」

「那有沒有阿西莫夫短篇小說集？」

「什麼，阿莫西林⑨？」

沒什麼。我搖搖手，不講話了。早在我來南都舊書店之前，若瓦便提醒過我（她去找素描教材），她說：去了也徒然，你會發現，從來沒有一處會有那麼多書，但也從來沒有一處像它，你在那兒找不到任何想要的書。南都舊書店沾了隨家倉的念

⑨ 阿莫西林：抗生素藥品名稱，在中國大陸俗稱「阿莫仙」。

力，是一個非常神經病的所在。

唉。我嘆氣。暴雨如注，帶來涼意連同水氣，先是順著我的雙腿向上攀爬，又因為轉向的風，直接打在我臉上。

那堆地圖集中，有一本硬殼封面的我滿有興趣，名作《鄭和下西洋路線圖考》。我先將它夾在手臂下面，繼續翻找。隔了幾本，我發現了一冊薄薄的打開只有一頁紙的地圖書，名字是——《居民必備人防手冊全圖指南》，印刷時間，一九五四年，出版社不明，倒是封底有一行小字：人防辦公室免費發放。書的封面已捲曲發黃，然而，圖畫倒很清晰。正面在教如何使用防毒面具，以及怎樣破壞簡易炸彈。我記起學校曾經也發放過一本類似的書，名字差不多，叫《人防手冊》，一百多頁，大部分內容講的是如何辨別以及躲避最新的毒氣，其中反覆強調沙林毒氣是神經性毒氣，有一股爛水果味。大家讀了以後便疑神疑鬼起來，只要在教室吃梨子蘋果香蕉，就會有人緊張兮兮問說是不是毒氣來了。苗笛和我還用活性碳與毛巾做個一個簡易的防毒面具，上課拒絕發言時便戴上。一直過了好久，全班才忘記這件事。這一本沒提毒氣，卻是在反面印了另一張地圖，地圖是手繪的，比例是1cm:1000m，題為《本城防空洞一覽》，字也是手寫的。我手指順著地圖移動，就著天光仔細看，諸防空洞之地點，地圖上面皆用三角形標註出來。依次是，雞鳴寺，中華門，漢中門……嗯，再繞至……虎踞路，五台山，廣州路……中山路原一〇一女子中學，咦，東課樓？

我有點迷惑，將這本小書重又摺疊，夾入《鄭和下西洋路線圖考》裡。老闆略略瞥一眼，講：五塊錢。

付了錢，我伸頭又往外望，雨勢仍未有停歇之意，密密伸展出一片灰色反光，正巧一班三路公車將走未走。我遂將硬殼封面的地圖考頂在頭上，衝入雨幕，盲目攔下那車，便隨之去也。

六點過五分，公車行駛緩慢，於這飄蕩之水中央漂泊。我坐最後一排，幾站之後，上車的人漸多，將車廂擠得滿滿的。大家頭髮臉龐俱濕透，肩膀衣服被淋成透明，手中雨傘垂下，水滴嗒嗒嗒落在地上，也落在旁人的褲子上面。我縮在座位角落中，將頭靠在車窗上，另有一種安逸。雨直落於車窗，又沿著玻璃降下，世界模模糊糊像在融化好虛弱，車外的人變成水面倒影，隨光線忽進忽退。我曉得三路公車是一班環形線路的公車。我和若瓦曾經趁今年新年晚會時偷跑出來，媽的真的冷死了，零下十度，沒有風，天空卻源源不斷播灑冰片，落下來黏在頭髮睫毛上，久久也不化的。我們不想在教室待著看語文老師唱歌和其他同學表演無聊節目，也不想去網咖打遊戲，便沿著街道亂走。我們當時並不知道，平行時間內，苗笛阿卜他們帶上棉被，趁對面人民中學也在開聯歡晚會，將幾個小桿子誘出教室，蒙上棉被劈頭一陣亂K，創出新年伊始第一場完勝。不過，即使是知道了，大概也不會去湊熱鬧吧。不曉得你會不會有種感覺：往往在人聲鼎沸好熱鬧的時刻，你偏生出某種孤獨，然而心中卻又酸又喜，彷彿走出去，離開那人群即得到了自由，世界便是你一人的。當時，我與若瓦就那樣的感覺。十點鐘街上空無一人，也對，這樣的新年夜晚，人們多半不會出門了。我們凍到慘，走一走便莫名跑了起來，大概是妄圖增加一些熱量，呼出的白色水氣總是遮在眼前，模糊視線，超迷幻，跑跑跑到師範大學的教學樓裡上廁所。新年的廁所也乾乾淨淨一股雪味兒，我遂在裡面高歌一曲，若瓦笑講你這人好瘋。我則哈哈哈不答她。自師範大學出來，繞回隨家倉，恰逢最後一班三路車將開不開，我們跳上車，車上只有我二人，車開得飛快，司機得空問：這麼晚坐環線甚有意思是嗎？我與若瓦講，是了。司機又笑曰，一年中我只見過四人這般坐車。我們也笑，真的嗎，好不好約出來打橋牌。司機加大油門，閒閒說，除了你們，另外兩個都是旁邊醫院出來遛彎的神經病。說話間，我們浮光掠影經過——南陰陽營，玄武門，鼓樓，大行宮，四牌樓，即又轉回廣州路，五台山，最後，返至隨家倉。

眼下。則完全是另外一種光景。周遭的人擠壓我，可我當他們不存在。反正大家一起被困在雨中車裡，失了自由，我不在乎，我與他們沒有任何關聯。他們眉毛眼睛鼻子嘴巴翕動，我卻聽不到任何聲音了。雨仍在，車轉彎又轉彎，快畫出一個歪歪斜斜的圓形來，周遭景物彷彿看過一千遍的畫片（還記得我從賣鳥陳擇那裡買的西洋景小玩具嗎），緩慢黏滯的滑動過去，喔，哪怕過去，也仍在視網膜上拖曳出一條色帶來了。就這樣，坐了一輪迴，卻像是完全不曾移動，我又在隨家倉。不想下車冒雨回家，仍待在座位上，司機講：再兜一圈嗎？那再投幣一元。我即找出一元硬幣，哐噹投進去。循環遊戲重啟動，車又離站，七點十五分。

我打開《人防全圖指南》，車晃得太厲害，看得不甚明瞭，我也就不再看了，又不曉得在胡思亂想什麼，想困在這個封閉空間，永遠循環往復與人隔絕，也不是完全隔絕哦，如果苗笛、若瓦、阿卜他們想找到我，那登上這一班車便好了，另外的人呢，除了爸媽，他們一定接收不到我的生物訊號，只把我當一張座椅了，且看我躲得多好。於是我又想起崇學，想到今天去南都舊書店也沒找到阿西莫夫，如此浩瀚書海，我不可能找到一本也同樣舊舊的，被不知道多少雙手翻閱過的下冊了。

還好，反正崇學也不會曉得我做過這種徒然蠢事。否則，他一定會笑我感情用事。如果你要隱藏，怎可有如此充沛莫名的感情每日無法消耗殆盡卻也如此不知疲倦？車在莫干路停下載客時我這麼想，車從玄武湖邊緣堪堪擦過時，我復又思索機器人三定律。

一，機器人不得傷害人。

二，機器人應服從人的一切命令，但不得違反第一定律。

三，機器人保護自身安全，但不得違反第一、第二條定律。

身為機器人的崇學見到自己的魂魄緩緩上升躲藏入樹梢。機器人怎麼會有魂魄呢？我想著，公車裡聚集大量水氣了壓住我的呼吸，讓人又緊張又迷惑。是了，機器人一定是崇學生病的身體罷了。魂魄與身體抗爭之後才會有這樣的遵循定律的想法吧。沒有其他辦法，就只能玩起躲藏的遊戲來了，魂魄是「人」，身軀是「機器人」，原來疾病才是沒有辦法擺脫，又沒有辦法停止的迷宮程式與籌碼。機器人崇學每天帶著魂魄躲來躲去，一定好累。

水氣繼續擁過來，沾濕我的面頰與衣領，讓我無法呼吸動彈。我只好放任自己隨車流轉。一股氣流上升至心臟位置便不再移動。我還應該再想些別的，或就像以前一樣一向懶惰，從沒有習慣去揣測他人的世界就好？我遂躲避起自己視線所及的混沌斷層與那些飛散的思緒。這樣會不會更輕鬆呢？可是，氣流隨內臟運作而膨脹的感覺仍在，這時候，我記起一九八一年中國科學出版社所印刷的《家庭百科小知識》上面治療打嗝的兩條偏方，猛壓腿，或是猛呼吸，我要信哪一個？

3，1

吃午飯的鐘點，阿卜來馬里亞納海溝找我與苗笛。苗笛嘴裡咬一根雞腿，笑說，阿卜你怎麼一頭白灰。我是近視眼，也湊近去瞧，果然，阿卜頭上的小捲髮裡面黏了好多石灰與油漆。阿卜狂拍頭，講，操，這屌學校現在混亂斃了。俺剛從拆除小禮堂的工地裡出來。我們感嘆，拆樓大抵是我校的最佳事蹟，有條不紊，進展迅速。原先在這涼亭裡吃飯，向後面望去是圖書館，可現今只有空地，真可謂眼見他樓塌了，一週之後，便是白茫茫一片真乾淨，好視野。阿卜不搭這話，講：煩不了，這東拆西拆，我那箱白老鼠要出事了。苗笛涼涼說，奇了，你那箱小夥伴到現在才鬧事，也算好給你臉面。阿卜回，你莫剽我。學校連拆兩棟樓，都是夜裡轟轟天打雷劈，隕石不斷的架式，那白鼠群覺得自然界裡有大威脅，求生本能驟起，想以數量取勝，繁殖速度大增。苗笛嘿笑，那你加緊出手啵。阿卜皺眉，連對面中學的女生都人手一隻了。苗笛又說，過兩個月七夕那天，你一對一對賣吧。阿卜要笑又笑不出來的樣子。我們三人湊頭商量，最近也不見那賣鳥貨郎陳擇了，不然下午蹺課去那夫子廟尋他吧。陳擇專做分銷動物的事，冬天賣小雞小鴨，夏天賣蝌蚪白兔蠶寶寶，必定有辦法。

我急急走回教室，喝了口水，搜遍書包裡零鈔硬幣便要閃人。同桌女生忽然悠悠拉住我，埋怨道，你最近蹺課超多，我半分好處沒有，卻還得幫你撒謊，上上週說腹瀉，上週說頭暈，這週又要編個理由，你自己來編。我說，就說我有緊要事啦，真是實情呀。遂閃人。留她一個「切」字在口邊，趕不上我。

週三下午，苗笛他們班級先自習，後體育課，我們班先體育課，後自習。而阿卜一向口碑極差，活鬧鬼缺課王，神龍教教主（取神龍見首不見尾之意），老師對他不再抱有期待，無所謂。權衡下來，不蹺課都覺得可惜。

我們遂直取一路公車，坐到底站，便是夫子廟。到了夫子廟，先一頭扎進花鳥市場找陳擇。市場極狹窄，僅容一人通過，我們三人依次進去，各種動物氣息混作一堆，手肘盡頭即是黑壓壓的鳥籠山，繡眼、金翅、虎皮鸚鵡、八哥擠在一起，見到有人來，一陣騷動，發出嘈雜尖利的叫聲，接著羽毛亂飛，落得滿頭都是。苗笛往右邊靠一靠，猛然發現只與一大盆蠕動的麵包蟲相距二十釐米，驚得喔一聲，立刻被我等恥笑。阿卜有心事，他晃到一處專賣鼠類的攤子上問，老闆瞪眼曰，誰知道你那些老鼠有沒有打過疫苗，白送我我都不收的。阿卜不語，暗罵。

每次去花鳥市場，我都是心中好慌亂，大概是被身旁所有動物的慌亂感染了。小狗亂吠，金魚像觸電，神經質的一群群迅速游動，白鼠倉鼠則盲目在一個個轉輪上面永無休止的跑動，飛禽總撲啦啦飛撞在一起。這一切太像被擰快發條的玩偶遊藝會。好在，找了一圈，陳擇不在，不用久留，我鬆了口氣。

貨郎都飄忽，在這城裡逡巡遊走，四處閃現。夫子廟也算是貨郎們集散地。其中總有一處地點（往往也是不固定的，但始終在夫子廟五公里直徑的圓周上面移動）供他們歇腳。尋尋覓覓間，我們又鑽出花鳥市場，朝江南貢院走去。

江南貢院是古早時期科舉考場，如今都是外碼遊客才過去看。我還是十年前學校組織春遊時進去過，裡面幾乎什麼都沒有，只有新造狀元的蠟像端坐在考棚裡，執一枝破爛毛筆，好枯萎。另外玻璃櫃檯裡面放著三張考試卷，分別是進士卷、舉人卷、狀元卷，外碼遊客看了便紛紛說，還是狀元卷的字好看。我回家問老父，真的好看嗎？老父咳曰，不好看，館閣體有甚好看。

眼下，貢院門口只散落三個貨郎，賣修腳刀的，賣麻糕的，賣江南葫蘆絲的。見我們朝他那方向望去，那個賣葫蘆絲的遂拿起一根自家的樂器，吹〈春江花月夜〉。遠遠的，河水臭味飄來。我們百無聊賴掃視四下。我覺得有點餓，掏出零錢請苗笛吃油炸里脊肉串沾好多辣椒粉，阿卜不能吃豬肉，就只能在一旁乾看著。我們遂在貢院門口坐下。

真奇怪，之前在學校裡，總覺得好忙，不僅要接連上課還得做作業小測驗，一直想要是蹺課那可以去做好多事。可是等到真的蹺課落跑出來，又會覺得無事可做。只剩正午白熱鮮辣的太陽始終追著後腦勺照射，心中一片空落落。我、苗笛、阿卜就這麼坐著，吃里脊肉的忙著吃里脊肉，啃手指的啃手指。怎麼會出來前那麼確鑿認為來到這裡便能找到陳擇呢？大概是幻想貨郎們之間都有暗號吧，比如，如果我們問，那一個又賣零碎物品，又賣搭配動物的人在哪裡？其他貨郎就會會心一笑講，喔，他目前 location，牌坊。我搖搖頭，又笑自己扯。

正閒著，苗笛忽然手一指，說哎那邊有一個流動帳篷。流動帳篷與貨郎同種性質，都神出鬼沒的，不曉得會在哪裡突然閃現一下子。我們誰也不曾進去看過，超好奇，遂走近觀察。只見一個巨大的墨綠帳篷，門口豎了一個紙箱裁成的牌子，上面歪歪扭扭以破字寫著：噴火吞蛇，雙頭奇女，大變活人，聞所未聞，見所未見，大開眼界，一人兩元。帳篷門口站立一位穿著背心，裸露雙臂的年輕人，我們清楚看見，那雙臂上分別紋了左青龍，右白虎，青龍蛇一樣軟綿綿，白虎好像是白貓。阿卜作為活鬧鬼新生代，不由露齒一笑。我們伸頭想要看看裡面有什麼厲害物事，可入口處掛著一條厚厚的棉布帘子，將那內裡光景遮得嚴嚴實實的。

我們進去的時候，吞蛇正表演至最後一個環節。一個面黃瘦削的男子將蛇從鼻孔裡面塞進去，又從嘴巴拖出來。一邊塞一邊咳咳發出乾嘔聲。我打量四周，除了我們三個人，有一個老頭坐在右邊的位置上，一對青年男女坐我們背後，還有幾個木訥的中年男子，穿得灰撲撲的，腳踝處露出一截泛黃的白襪子，皆目光愣愣。我又數了數，整個帳篷共有二十個座位。剛數完，聽到吞蛇人悶聲一響，將蛇吐在地上，又不知道從哪裡摸出一個瓶子，喝了一口瓶子裡面的液體，點燃打火機，呼啦噴出一片火舌來。苗笛歪頭看，阿卜抱著膝蓋翹起嘴唇，帳篷裡光線說亮不亮，說暗不暗的，表演越來越詭異，那男子不知道從哪兒掏出四條蛇，紮緊褲腳衣袖，將蛇放入衣服裡，作驚恐狀，在台上扭動起來。然後，背景音樂播放，乃是一首熱辣舞曲，男子動作越來越快，隨曲起舞，透過衣料，分明能見到四條蛇在竄動遊走。台下唯一的那個年輕女子突然一聲尖叫，將面龐伏在男友懷中。老頭紋絲不動，中年男子群的表情亦未改變。終於，到了舞曲最俗辣的那段旋律，我，苗笛與阿卜再也忍不住，大笑出聲。

台上的人頓住，有個報幕的聲音從腦後的喇叭裡響起，下一個節目，觀眾們，你們是否已經等得焦慮，好的！請不要心急，不要心急，讓我們熱烈歡迎世界上最特別的一對姊妹，她們的身世讓人驚奇，她們的遭遇使人困惑，無論如何，萍水相逢總是緣，相逢何必曾相識。讓我們以熱烈的掌聲歡迎，阿梅與阿蘭姊妹，請鼓掌！

我們使勁鼓了掌，可現場的掌聲仍稀稀落落的。半晌，先前的吞蛇男子又出場，他的表情是一種奇特的冷淡愁苦，好像剛才激情表演的是另外一個人，只見他推著一個極大的花瓶到看台右邊，花瓶頂端蓋著塊深綠的絲絨布。男子鞠了一躬，便將布掀開，下面赫然是兩個女生的腦袋。接著，左邊的腦袋轉過去，對右邊的腦袋說：姊姊，你好嗎？右邊的腦袋答：我很好。

錄音裡那個報幕聲突然又出現：這就是阿梅與阿蘭了，讓我們再次鼓掌歡迎吧！

這次連鼓掌的人都沒有了。台上男子無半點報幕聲音裡的熱情（但他們的聲音是一樣的），喃喃說：可以問她們問題了。

我想看清楚那花瓶到底有什麼貓膩，但現在回想起來，總覺得迷迷濛濛，可見當時看得並不十分真切。台下一片冷清。花瓶雙頭姊妹花長得一點都不像雙胞胎，她們互相問了你好之後便不再開口了，等我們往台子上面扔錢後酌情回答。

有三個問題，我們反覆夾在一堆尋常廢話裡面問的，她們就是不開口，最後，幾乎花掉身上所有的錢，也沒問出個所以然。顯而易見的回答早就忘光，只有那三個問題，連同帳篷裡的光線，一併留在腦迴路中，變成某種背景色。

阿卜拋出一塊錢：你們為什麼會這樣？

苗笛鍥而不捨，繼續追問：你們從哪裡來，然後，會去到哪裡？硬幣滾動於台上，叮鈴鈴一串響。

怎麼可能有答案。

而自帳篷走出時分，天光大盛，時間仍在下午一點的炙熱中不曾移動。我們一路行至三山街，誰都沒開口說話（或許有，說不準我忘了）。之後好久，我似也問過苗笛與阿卜。

他們卻都摸摸頭，對我講：是哦，我們曾經一起蹺過課看過那麼庸俗的表演哦。

3，2

躺在操場邊的看台，五米高的上方是梧桐樹的枝葉，我快要進入一個招招搖搖的夢。夢中視線晃過操場上面三三兩兩走著的人，被樹葉覆蓋的學校，正在天台百無聊賴抽菸的阿卜他們，若瓦正盯著線條變化的肢體，還有乒乓球桌上彈跳的小球，小球是黃色的，彈起落下，嗒嗒嗒，在我閉著的眼皮下面放大成為從枝葉間落下的太陽，眼前便成一片耀眼空白，接著，空白落到地圖上，標記出已經被完全拆除，一點痕跡也沒有留下的圖書館與小禮堂，延伸滲入視網膜，在層層混沌中侵蝕出巨大裂縫。於是我睜開眼，被真實光線閃到怔忡。苗笛就躺在不遠處，蹺著腿，將那幅《居民必備人防手冊全圖指南》舉在眼前，仔細看那地圖。

「雞鳴寺旁邊的防空洞我去過，就在素齋館子隔壁，夏天開放給附近居民乘涼。就是一個山洞結構，進去空間極大，好多老頭兒圍坐打牌。」苗笛閒閒說。

「那其他的呢？」

苗笛曰，未曾去過。他又說，南都舊書店裡面寶貨真多。我回家問爸媽，他們都沒見過這圖。我回：五七年我們爸媽還未曾出世。媽的，歷史太久遠，讓人無處追問。苗笛頷首。他接著鑽研：既然東課樓在圖上，那說明它也是人防建築。有兩個可能，一是它有暗室夾層可供躲藏，就像我們以前看到過的那樣。二是下面真的有地道，各種版本的校園傳說都這麼講，這麼看，也頗有可取之處了。我嘆：原來廁所最後一個洞真是連著地下通道的。苗笛回，不合理，廁所應該是連著下水道。我講，那麼下水道會不會連著地下通道。反正這城地下河流系統超複雜。苗笛沒再開口，盯著圖沉思。

過了幾分鐘他說，你來看。我們遂盤腿坐起來，一起瞧那圖。苗笛手指下面地名下方的圖標，講：雞鳴寺的防空洞是圖 1 對否。這裡圓圈中有個阿拉伯數字的 1。然後，虎踞路這裡是 2，如此類推，只要是有人防措施的，皆會用數字標註，為什麼東課樓下面沒有？你再仔細看，並不是印錯了，而是，它是和五台山防空洞合為一處的，所以只有五台山下面標了一個 3。

靠，我喃喃說。

苗笛又曰：事實上，我們學校離五台山並不遠，搞不好真的有地道把兩點連在一塊兒，吶，還有一處奇怪的地方，你看，這張圖標註了所有防空洞之間相連的路名，比如，五台山防空洞旁邊是廣州路，然後轉上上海路，才上虎踞路，怎麼走清清楚楚，為什麼唯獨東課樓五台山之間是一片空白？

他看著我，而我呢，盯著看台上面的塑膠層。這沒什麼不好理解，我想，就如若瓦所說的：

「我只畫我看見的，我不畫我看不見的。」

3，3

放學時分。我先去乾河沿薇薇書屋借了《慈禧全傳》的第七本，遂直接從書屋後牆的缺口進入死角。我將書包先從缺口處塞進去，然後整個人，哎嘿，過來了。抬起頭，發現苗笛阿卜他們已經在了。阿卜坐在一張破桌子上面，手指夾根菸，耳朵後面又別一根。見我走近，彈出菸放到我面前，我搖頭，從書包口袋摸出茶葉蛋吃。操，阿卜有點憂愁的說，不把老子當朋友。我曰，乖，下次也買個茶葉蛋給你吃。

自從從夫子廟回來，阿卜不太開心，他的白鼠按平方速度繁殖，很快，原先木箱裝不下了，前陣子他已在小禮堂的拆遷廢墟中又尋得一個木箱，目前已將鼠群分了一半過去。阿卜講，怎麼辦，不想賣給學校，最初養的幾對便是從屌解剖課上解救而來[10]，現在要把人家的曾曾曾孫子孫女們再送入火坑，不存在這道理。牠們的老祖宗還在呢，我專門用個好籠子養在宿舍裡，如果牠可以長白鬍子，一定好長了。

屌，夕陽斜入樹頂，我、苗笛等諸人皆嘆氣。

苗笛講，阿卜，我陪你走一根。

遂也跳上破爛課桌，自己取枝菸，點燃，長吸一口。

阿卜不語。眾少年沉默吐煙，少頃，待按滅菸頭紅點，阿卜講，五台山防空洞裡面被一群小桿子占著，與我們不是一路。

苗笛曰，嗯。

阿卜又說，一群搞punk的噴筒型少年，超跳超不羈，不過就是英語不行。滾，苗笛回他，你壞死了。阿卜聳肩膀嗤嗤笑，指著苗笛曰，你講你講。苗笛遂說，喔，

---

⑩ 此處加「屌」乃為南京方言的特色。南京方言粗話一般以「屌」開頭，以「逼」結尾，作語氣助詞，無意義。

聽我一句，我年少無知把一個妹子，各種爛招都用過，妹子巨冷漠，我沒法，帶她去聽防空洞地下樂隊演出，他們真的在地下，underground 你懂否，妹子拉著我的手站第一排，上來一夥人，看來不挫，吉他噪音，在台上跳跳跳，歌詞就算了，反正歌詞不重要，重在氛圍。我心裡也在跳，當年好純情。一曲唱罷，樂隊主唱拎起吉他擺了幾個 pose，酷，自報名號。我見妹子聽得欣喜，便在一旁奉承抬轎，講，這樂隊好不容易，不是本城人，千里迢迢來演出，讚。而且，名號不收斂，直截了當說明籍貫安徽，更中英夾雜，安徽 jerks，怒讚。妹子暈乎乎說是，又拉我手。兩人盡興而出，氣氛對了。出門見到地上一張宣傳單，大照片加大字，屁的安徽，人家字號是 angry jerks……是不是菜英文？

我翻個白眼，回，為人要寬容。

阿卜抽笑：講正經的，你們去中山大廈員工餐廳吃過飯沒？

隔日中午，我們三人各自找理由提前二十分鐘出了教室，一道去往中山大廈。中山大廈位於學校左手對面的街角上，一晃就到。我們爬上二樓，員工餐廳空蕩蕩，員工未曾下班。據阿卜說，此餐廳招牌菜色，一、紅燒肉；二、不摻澱粉的大肉圓；

三、熏魚。真相是，其實每個食堂不管多難吃，都有會拿手的。我校食堂，招牌菜色唯獨麻團油條兩樣而已，因有一句俗語如下：給我一根JLHS⑪的油條我就能撐起地球，但支點須是JLHS的麻團。

邊胡扯邊走到窗口，一塊牌子上書：今日主菜——熏魚。阿卜將腦袋伸進去，翹起嘴唇笑得好燦爛，廚房裡面一人遂也笑了。

阿卜曰，hi，小林，好久不見。

那小林正是負責熏魚的大師傅，戴了個白帽子，與阿卜一樣是回回，廚師衣服下面穿件花襯衫，手腕上綁條皮帶子，捲髮紮在白帽子裡面，騷包。小林本在人民中學門口賣流行歌曲磁帶，五元一盤，可能我們皆有光顧。後來他由軍人俱樂部進了一批廣東過來的盜版外國磁帶，俗稱港版，封面怪怪，一個抽象女人拿槍（Stereolab），或又印有一肥白嬰兒手持冰淇淋望天（The Cure），他忍不住拆開一張來聽，聽完心中頗有所悟，便不再每天都賣磁帶，隔三差五去到防空洞，廚師白衣服一脫，穿花襯衫打鼓。廚師當鼓手，穩贏的，阿卜說，打鼓與切菜必要條件，

⑪ JLHS：「金陵中學」之英文縮寫（Jin Ling High School）。

開腕，手腕越鬆越好。

阿卜又點頭：帶兄弟們吃飯。回頭上防空洞玩好不好？

小林嗯一聲。餵我們吃熏魚。每人三塊。

於是，我和他們一起跑到最角落的某張桌子上猛吃，以巨快的速度連吃兩塊。熏魚經過油炸，金黃黃，又被滷汁浸泡至發軟，口感好甜。吃到第三塊，我突然吃不下了，轉頭看苗笛，見他正勉強吞下最後一口，喘得慌。阿卜吃得齁住，要抽菸。我們趁人還沒多起來，又游出食堂，靠在大廈門口等小林下班。

太陽被梧桐樹遮掉大半，熱風從樹底下吹過來，這時學校方才下課，遠遠鐘聲傳來。原來在這裡也能聽到鐘聲，更溫柔。我心底一軟。街上仍是很多人，仍是來回往復的，在睏倦中，我心裡又有難以言說的情感，因我不由暗暗想，這路上的人是聽不懂鐘聲的，甚至他們根本就聽不見它的。旁邊兩個傢伙腳踩假山欄杆，不曉得在玩什麼，反正上竄下跳滿起勁。我忍不住打了個呵欠，他們會不會也像我一樣，好久以後也記得這個微弱如鐘聲一般，卻又熟悉的夢呢？

4，1

許多地點的名字模模糊糊，並未及時更改，太古舊，或在時間裡停留過長，逐漸變成我們都不懂的詞了。比如三步兩橋，其實，你走數百步也未必能看到橋；拉貝故居，只是一處孤零零的房子，拉貝是誰沒人要知道，某日，房子裡架起鍋，變成賣粉絲湯的小店了，我們遂在那兒吃了足有三四年，後來聽說粉絲裡面明礬太多，吃多會好笨，才頗為後悔拍拍腦袋，感嘆，原來記憶力太爛都是年少無知種下惡果；另有小粉橋，乃為一條小巷，打拉貝故居門口經過，通向國立央大，亦不存在粉色小橋，走到頭是間鐵皮屋子，防空洞的搖滾咖們買打口磁帶⑫和CD的寶地。有時候，另一些地點足夠幸運，它在記憶力變得更差以前，便離我們而去，倒於腦中留下無法修補的小洞。也不曉得洞有多深，只是，那缺口好小，可能和針尖一樣小吧，由

⑫打口磁帶：網路未普及前，透過海關走私進入中國大陸的音樂錄音帶，多為經國外處理過的滯銷品，上面往往打有孔洞。

著曲折路徑，在漫漫神經裡打開一處黑夜。

阿卜說，就像將腦袋放到講桌桌肚裡，睜眼，耳邊是混沌聲，眼前一片墨灰，因光線從耳邊投下，你還能看到一個輪廓；又閉眼，光線衝突之間，視網膜上顯現輪廓的疊加，方盒子連著方盒子，延伸而出。他想到鼠聲鼠眼——就似那嘈雜的，無數視覺晶片被放在一處了。所以從一只黑箱子中，亦能看到此般迷宮。

東課樓快要消失，然而在大腦某處柔軟的凹陷角落裡面又悄悄打了一些地基，全托賴記憶的自動機制。某一天我路過那處，是不是一瞥之間仍能看到樓的影子呢？還是，它就隱沒到阿卜說的方盒子壘成的不知名的哪裡，好難講。我在街上閉眼，頭頂的梧桐樹葉子已長得很大，綠色透明，一些閃耀的光落下，路面上盡是滾動的光圈，我踩著光圈懶懶向前走，初夏的風跑到前面去了。這瞬間，無法想像迷宮，我僅也在光流遷徙中漂泊起來。

漂走至浮橋，前方苗笛轉過頭詭笑（其實是陪他買盜版光碟《人肉叉燒包》的），再一瞥，我見到攜帶白鸚鵡的貨郎陳擇。

浮橋真的有橋，地下河終於顯露了一小段。墨綠河水旁，陳擇拎著一根細長竹竿釣魚，旁邊橋洞中，珠江路浮橋蓮花橋段的清潔工熱烈炒著菜，不遠處還有彈棉花與修棕棚床的兩人，穿暗色布衣服，面目不甚明瞭。車水馬龍，恰似和這幾人毫無關聯。白鸚鵡正在架子上移來移去，我們靠近便嘎嘎一陣亂叫。

苗笛湊過去，想摸一摸牠的翅膀，大鳥卻異常暴躁，猛啄過去。

陳擇丟下釣竿，上前安撫，然而那鸚鵡並不買帳，扇動翅膀大鬧，無奈一隻腳爪被鐵鍊拴住，只得揚起喙，又轉向我。

我閃開，緊盯牠眼，牠有一圈淡藍的絢爛眼瞼，眼神中看不出什麼，只是黑色圓形的兩粒，好純真。

我們在路邊買蒸兒糕吃，苗笛無事可做，掰一塊給鸚鵡，鸚鵡不理會他，別過頭去。

陳擇頗為得意：是不是特別好看？我拿所有的金翅鳥還有畫眉和人家換的呀。超凶的，你不怕牠一嘴下去你的手就廢了？苗笛羨慕，像獵鷹一樣。

貨郎又一笑：沒關係，我餵牠吃葵花子就好了，現在我們不熟嘛，等熟了牠就和我親近啦。

正說著，有過路人轉過頭，呵一聲，搭話講：好大一隻白鳥。然後，繼續閒閒騎車遠去。

墨綠色的河水泛起一股子刺鼻的味道，鸚鵡變平靜，嗑葵花子，在鐵桿子上面散步。我們沒回頭，聽身後鍊子的叮鈴鈴聲。

我將糕餅掰碎，一片片飛彈到河中：水裡面有魚嗎？

有的吧。鯽魚？聽說有人釣到過。

噢。

陽光投射入水，炫起一層金波，只有這時刻，內河才好看。

三個人便被這般金色深綠的搖晃光影閃到恍惚，久久坐在河邊，任由時間與人流在背後點滴走動。直到，陳擇講，你們下午不上課噢。我和苗笛才慌忙站起來，還有幾分鐘午休時間便要結束。一路狂奔回校之前，仍要招惹一下鸚鵡，我脫下校服，捲成繩狀，險險舞動。苗笛在旁笑說，你這人也忒無聊。我仍甩校服，笑而不答。鸚鵡吃葵花子被打斷，生氣死了，發出巨尖的叫聲，腳步移動加快，倒顯得更為慫頭慫腦。陳擇看不下去，講，別弄牠了，以後我就與牠相伴啦，牠可是我兄弟。

那你不賣小動物了嗎？

不了，陳擇答，我便只做些小玩意兒的生意好了。

阿卜還想讓你分銷白鼠呢？

不做了不做了。陳擇將鸚鵡架子抱在懷裡，白鳥雖頗惱怒，卻也用鼻子蹭了蹭陳擇的手臂。貨郎傻呵呵笑了。

喂喂，閃吧。

再不跑起來，下午第一節課要遲到啦，不過也沒關係，多半是在眾人的注視下走至座位，臉上扎著老師的凶狠目光而已，我又不是第一次遲到，每次都嘻皮笑臉，運起厚臉皮神功，賤賤歸座，再佯裝認真死盯課本，其實，正午的睏倦還沒走呢，腦中皆虛空。

沿珠江路跑兩站路，別管膝蓋關節處乳酸增加，腿變沉重，只要調整呼吸，盡量邁開步伐，我緊跟苗笛身後，再拐至中山路，斜側身體，畫個弧線繞過騎腳踏車小摩托的諸人，好生瀟灑。到了學校大門，忽略值勤生，直衝進去，趁鐘聲大作前，一口氣連上三樓，各自回班。這時候，嘗到嘴巴裡一股血味，心臟狂敲，好像全身血液聚在舌尖和上顎了，太陽穴嗡嗡震動，熱氣圍繞頭頂旋轉。我們都是照死跑的，然後又在課上大睡，也不知道如此燒命算什麼。

反正，活動區域也就這麼多，加上防空洞，無非也就是人防地圖上那小小一塊。

這一次奔到中山路路口，隱約的，學校大喇叭裡正在講些什麼，聲波擴散，我在出神，一個字也沒聽進去，我想，其實，也像任天堂遊戲中的魚，我們一群群瘋游，撞到屏幕邊就集體 biu 一聲掉轉頭，向著另外一邊移動過去了，絕無逃逸的出口。放到現實地圖裡面，便只是東至浮橋，西至防空洞，上至央大，下至乾河沿的地界吧。

我猛然向前，憋一口氣，一秒也不停的上樓，早就把苗笛甩在身後了。回到座位時分，老師還沒到，更難得的是，同桌女生居然不在，桌面空攤著一本閒書，直到講了一刻鐘代數，她才出現在門口，面色滿嚴峻，不正眼看老師，逕自走到我身旁坐下，將那閒書塞進桌肚，又劈里啪啦翻書包，拿出用彩色漫畫紙做書皮的課本，方挺直身子，雙目炯炯，似在認真聽課。哈哈，我太清楚了，十有八九她腦中也是空空如也。我便以手肘搗搗她，她橫看我一眼，我對她撇嘴笑。她說，無聊。我小聲問，怎麼啦，打乒乓球三比零下場被欺負了噢？

她便始終直視前方，不再鳥我一分一毫，裝可愛也沒用。

因她下課說，你不是一般的糊塗呀。

4，2

天氣熱好快，到了傍晚仍是一片熾熱光線，有風，但風帶著一股火燥氣。須等夜晚真的降臨，才能稍喘口氣。我不想在廣州路即乘公車回家，太多人，便沿著街慢慢走起來。走著，又從口袋裡面摸出前天買還沒來得及吃的無花果絲，將袋子打開，仰頭全數灌進嘴裡，我愛這麼吃，雖說這零食名字叫「無花果絲」，實際乃為沾了酸梅粉的木瓜絲，奇酸。我步子放得更緩，擦掉莫名其妙被酸味激出的眼淚，堪堪經過上海路與廣州路的交界處。身後有摩托車滴滴聲。

喂。

我扭頭看，原來是小林。

去不去防空洞？我帶你一程。

免。我自己走走。

我們不是很起勁去防空洞，哪怕那其中也是一個迷宮結構。入地以後，是寬闊黑色的通道，沒燈，閉眼騎腳踏車好去處，這段過去，便是向左與向右的兩條窄路，路並非組成一條直線，而為一個V形，向內延伸。路旁是大大小小的房間，小林他們占據了右邊路的第六個，號稱是防空洞內最大間的寶地，有教室那麼大，擺了不曉得從哪裡撿來的破沙發與藤椅，一張八仙桌，一排透明的CD架，一組總是開頭沙沙聲，要調好久才能放出正常音樂的音響，還有一台錄放機，架子鼓與吉他，因洞裡太潮濕，平時不用都得拿油紙蓋好。牆壁上貼著亂七八糟的海報，他們亂塗讓美女叼根菸，或將人眼燒成兩個大洞，實在是他媽的閒得慌，一顆六十瓦的燈泡用硬紙罩住，罩子上面剪出隻怪獸張著大口，牆壁上遂映出無數尖利齒痕。整個防空洞都似被浸在水裡，小林有輛腳踏車太久未騎，靠牆放著，早已變成堆鏽鐵，黃色的鏽斑直長到水泥牆上，沿縫隙滲透，顯現號稱是達摩形狀的一個人像。水泥牆的最表層也早被泡軟了，用小刀一刮，大片大片直落而下。中午去時，大家正吃外賣，音箱裡播放不曉得哪一個老派男聲，播到半途，因軌道受損，沙啞喉音被一陣亂碼取代。便有人說：操，搞什麼。

另一人放下筷子，不知從哪兒摸出一張CD，含糊不清說，聽這個吧。

每次這樣的情況，大多播放的是play for today，或sha...sha...sha oh, sha...dogs shake，我與苗笛、阿卜攤手表示無感，陳擇也來湊熱鬧，他買了一個旅行包，背在左肩，裡面擺放的全是零碎的擺攤玩意兒；右手擎著鸚鵡。白鳥比我們還滿不在乎，只專心嗑瓜子，脾氣倒是好多了，愛啄人衣領玩兒。

所以，這防空洞一共有多少間？

我盤腿坐在破藤椅上問他們，自從我去，那兒便成我專座，因為我用手工課上學來的絕世技藝又把藤椅綁好了。太扯，其實只是無聊將散掉的藤又纏回去而已。

誰知道。

確實沒人在乎，他們覺得拿鼓棒在破皮凳上猛敲，或抄段吉他 solo 便已好猛，其實，根本無所謂在哪兒，反正這處黑乎乎的所在，頗適合這幫覺得地面沒意思，又想要流浪逃避的傢伙。要再等快十年，等到防空洞內燈光大盛，搖身一變，成為本地最有名的書店以後，或有幾個人才會拍腦袋，想，啊，原來到底是什麼樣的呢？

我與苗笛將左右兩條窄道皆走了幾次，無一次抵達盡頭。我們打著小手電，在黑暗裡踢踢踏踏走，經常一腳踩在水中，極像溶洞之旅。抬頭看，頂部水泥壁懸掛無數水珠，在手電的藍白光中閃爍，星空一樣的。走一會兒，頭髮肩膀變得濕乎乎。可……其實，偏是無法消想東課樓與防空洞之間存有一條隱祕的通道，大概是人防地圖上留下的空白由紙張移動而下，侵占大腦意志。這兩處如同兩座完全獨立的島嶼，苗笛邊走邊說，氣息不一致，防空洞早已被意識地圖排斥在外。這就好像若瓦畫畫，她根本不想動筆的那一處，便絲毫沒有留下痕跡的可能。我似懂非懂噢一聲，苗笛同我說，就是這麼難懂。

一道強光閃過，耀得人睜不開眼，是送便當的小妹正在靠近。她該是最了解防空洞構造的那一個，小林送她一只「南極人探險專用頭戴式探照燈」，她毫不辜負，每日佩戴，兢兢業業前來，據說再也不怕隱形水坑，可如履平地一般抵達防空洞深處那夥練電吉他練到飛起的鳥人所占據的一間了。

苗笛在強光中伸了個懶腰，曰：

有沒有覺得走到不能再走的地方，和那個……拐到一個莫名的角落，完全是兩回事？

我仍無法睜眼看，只得側向一面牆壁，眼皮下面一道道金光閃爍，閃動的萬分之一秒中，有一條沒有兩端的，黑極了的路。

嗯。所以呢？

所以，然後，還沒想到。

小妹已至面前，她看我二人站定不動，遂好心告知：

前面除了水坑，什麼都沒了，你們回去吧。

*

不是很起勁去防空洞，我把一步分成三步走，搖晃至隨家倉，右腳不由自主再朝右偏，索性直拐到寧海路吃炸雞算了。打定主意，我遂戴上耳機，收聽廣播節目，正巧整點，廣告一個接一個，皆歡快，可我心裡仍有事。記性太差，前一秒才閃過念頭的，後一秒就成空白，好悵然。我晃晃腦袋，停下來，呆立路邊，還是想不起，無法，只好又從書包裡找一袋山楂卷剝成長長一條吃，這時候又有人拍我，轉頭看，仍是小林。

小林笑嘻嘻問：幹嘛不來？

我回答他：想出神。又問：你怎麼出來了？

喔，一會兒我去夫子廟賣盜版磁帶，說罷，他踩動摩托車油門，但並不移動，那車發出嗚嗚聲，大概是覺得自己很酷，小林偏頭去，任難得的一絲風將他額髮吹起，我聞到他衣服上仍有食堂飯菜味。然而，不必擔憂，等他再開車兜到城南，灼熱氣流便會將他漂得乾乾淨淨了。

喔，我突然想起來那件事。

喂，我說，小林，你去夫子廟幫我在瞻園門口的某某齋買一瓶墨水吧。

不存在問題，你要墨水做什？

寫橫幅，我答，好不好帶一瓶雲頭豔。

草，這麼騷的名字。

我閉嘴不說話了，與他擺手道別，心裡想，你懂個鳥。遂拐入那寧海路去也。

4，3

下午五點四十五分，我橫穿學校操場，草長且亂，卻仍無修剪，想必所有人皆投入到拆樓中去了。中午一點，我們目擊東課樓手工教室的打字機都被移出來，赫然有我那一台（和其他的都不一樣，故一眼就認出來了），就顫顫巍巍壘在一堆課桌與雜物的邊緣，我瞥一眼，沒理會。眼下，無論長草，或邊緣的緊貼地面的車前子，都已經生出沉甸甸的穗了，我先用鞋後跟將車前子碾碎，又拔下一根狗尾巴草，拿在手裡甩來甩去玩。我仍走得不快，事實上，好像陷進雜草織就的一張大網，慢慢感到鋒利的草葉透過長褲割上小腿，又痛又癢，心裡一股沒有來由的失落。晃至六點，學校後門，同桌女生已在等我了。

原來那天我和苗笛中午狂奔入校時，聽到廣播裡的聲音就是她。我站得好累，就靠在後門的水泥牆上，她將說好的炸雞腿遞給我。雞腿外的酥皮太鹹，而雞肉略有不熟，放了太多辣椒粉，吃得我滿不是滋味，眼眶酸楚，可我忍住，就像以往一樣，灰塵飛在眼裡，或是一口吞極酸的無花果絲，還有被阿卜的煙氣熏到，這些快要流下的都只是不甚有意義的淚水吧。我遂對她說：

不想樓被拆掉，不一定就等於要去抵制拆樓。

同桌緊盯著我的眼睛，曰：不明白你們是怎麼想的。

我攤手，並沒有其他想法。三口兩口將雞腿咬至一根帶著紅色血絲的骨頭，講：不早了，還要回家吃晚飯呢，橫幅的任務也完成啦。

前幾天中午，她用荔枝冰冰醒我，要我在白床單上寫禁拆宣言，我不明白她為什麼對此事那麼熱心，難道她不該是一個物理超好，然後在黃昏前就消失的同學嗎？我亦不懂自己為何答應她。小林去買墨水一去不歸，之後就沒再見到他，我們便用黑色油漆來寫，以期更觸目驚心。宣言好長，寫完就忘，甚至寫到一半我就懶得繼續，以致最後幾行字特別爛，不只是結構鬆散，甚至，像是要斜爬出邊框一般，反正，老師一瞧便會知道是我的筆跡。我不想認真寫作業時，字就變這樣，散了架，有一種可惡的懶惰感。反正我也不在乎。等放學以後，全校學生陸續歸家，我便由東課樓大門長驅而入——現在大門也被拆了，只有樓的周邊被圍住，我找了個縫隙來鑽，這原本就是我的長項。

不曉得為什麼，我像失了魂魄，走著走著，好幾次蹭在走廊牆壁上，弄得袖子和褲子上全是白灰，破碎油漆簌簌而落，我聽見整棟樓只有我的腳步，落在陳舊的木頭地板上，好似心臟於空虛的胸腔裡搖擺晃蕩。他媽的。恍惚不知所想，完全忘記可能有機會進入別的教室，去找到藏在駝峰裡的海螺樓梯。我走進手工教室，有人忘記關窗，地上散落幾根殘破桌腿，不知道哪兒的風，吹起一團灰。我將橫幅掛到窗外，正對梧桐樹林蔭道。

我將那布的四角都綁在窗框上了，很牢的。我補充。

你也不希望看到東課樓不復存在吧，同桌仍在追問我。

沒搭話。

原本想和她講，如果只為了它是否會被拆除而著急緊張，那會不會，會不會……沒有足夠的時間精力再記住它了？但隨後，念頭轉動，我想自己未必能夠真的記住它。

這反倒是週六感傷的真正所在了。

4，3bis

某個週六下午，苗笛與我混在無線電興趣組裡走進東課樓。之前我們已參加過馬術（看一匹老馬）、橋牌、高爾夫球、保齡球等各類活動……喔，並沒有去游泳，苗笛覺得會暴露他的圓肚皮，不甚斯文，他畢竟是一個連穿校服中山裝都會將鈕扣扣到頸部的男孩；我呢，總認為游泳池是個完全由水做的封閉泡泡，壓得人透不過氣來（差不多就和南都書店一樣的感覺吧），故亦不太願去。總之，以上這些活動並未消耗掉我們的精力，倒是殊途同歸的讓人更加無所事事。我們便隨著十幾個別的同學，走進東課樓了。一至四樓的主樓梯不上鎖，電台就藏於某處角落之中，尋找時間：二十分鐘。

我在一樓取了接收器，不一會兒，身邊的人便都走散了。按照我的估算，我、苗笛、若瓦應分別在三個不同的樓層。目前，手中的接收器毫無反應，我亂按一番，總覺得它早就壞掉了。這是我頭一次光明正大的為了某種搜索的目的進入東課樓。由三樓左側的樓梯至四樓，遂取出希區考克卡片，嗯，還有九次機會，抬手，刷開一扇樓梯旁的小門。小門中更有一道布滿灰塵的向上階梯。按照人防手冊上寫的那樣，我先啪一聲點燃打火機（怕通道中聚積太多二氧化碳），淡黃火焰跳躍而出，幾秒鐘後變成藍紫色。通道裡灰塵味好重，我在心裡數數，爬了恰好五十級台階，至一間空房，光線從傾斜的屋頂某處投下，在地板上映出一個方塊光印。我在那光印中站了一會兒。這一處光線，不曉得空置了多久，至於這處所在，就是我們從未來過的五樓或六樓某處吧。我再打開空房的門，又有一條窄道，此時，手中接收器指針狂擺，我沿著牆蹲下，信號更強了，電台就該藏在正下方，可是——正下方又是哪兒？

另一端仍有數個房間，我用倒數第七六五四次刷門限額打開它們，崇學好讚。房間皆極小，有一間窗戶沒關，滿鋪不曉得哪一年飛進來的樹葉與鳥羽，我探頭向窗外望，它正對操場方向，我已繞至東課樓的另一面了。

倒數第三間的地板中央竟是陡峭階梯，沿路而下乃至一處寬大空間，四面無窗的，僅對面牆上鑲一扇用老式鎖鎖住的小門。我甫一進入便好緊張，莫非就是夢中那四面水泥的某處？打火機僅能照亮腳邊的一小片，我閉眼，移動步伐往左邊牆靠近，呼吸在牆壁前被反彈回來，鼻子碰到一塊正在脫落的牆體，頃刻，一陣細碎蔓延的崩裂聲。復又打火，微小光亮中，裂縫正以肉眼可見的速度，一條連著一條，變寬至深黑粗線。綠色油漆掉得滿地都是。其餘三面牆皆是如此，一碰則落淚般的脫落油漆。打火機快沒油了，我背靠一面牆，坐下來，接收器再次失去訊號，我將打火機放在褲子口袋裡，想一個人於這匣子中待一會兒，主動丟掉時間、距離、目光或記憶，連整片腦海也被純黑色覆蓋。

我遂又嘆息，這嘆息聲卻連回響也沒有的。

也不知道坐了多久，二十分鐘早已過去了吧。其實，僅此小小時間，便已讓我渾然不知道這是記憶中的陷阱，還是迷茫的夢境也。要是崇學也在多好，又發現一處藏身地點，可是，沒燈他怎麼讀阿西莫夫呢。我晃晃腦袋，想太多。我總在亂想啊。

噠噠噠，彈牆壁的聲音，我又側耳去聽，弱不可聞。噠噠噠噠，好似那時候，我用打字機打出aaaa。隔壁應該是一間教室吧？是誰在那裡呢。我忙用手拍牆，手掌中遂沾滿了碎的綠油漆，我不在乎，胡亂擦在衣服和書包上，又靠牆聽，噠噠，仍在。像訊號又像沒有意義的亂敲。我覺得只有苗笛與若瓦會那麼無聊，於是叫他二人姓名……沒有應答。我又掏出筆，也敲牆壁，噠噠。

可那訊號厭倦似的，先為好長一連串噠噠聲，像是無意中，讓彈子滾落地板的那種聲響。之後，便逐漸隱去不見了。

這便是我倒數第二次進入東課樓。

5，1

那黑色通道裡，閃光紅魚逐漸增多，它們並未立刻游走，只在原地繞圈，漸漸，有幾條游到另外一邊，碰到潮濕牆壁或小水坑便自動翻倒，機械魚鰭頗無力的擺動著，咔咔直響，有一條電池爆掉，散發零星微弱白煙，遂一動不動了，連同紅光一併消失了。陳擇仍源源不斷由旅行包中掏出這樣的電動玩具魚類。現在，他只是一個玩具貨郎。我與阿卜看著其中的兩三隻，游動向左邊窄道，遂喃喃對他說：游遠了怎麼辦？

陳擇回曰：最後電池耗盡，也就結束啦。

說話間，所有的魚皆放完，貨郎站起來，用手抹抹眼睛，沒有再開口。游上窄道的某一條已化為極小的紅點，阿卜點燃一根菸，與它呼應；剩下數十條喧鬧聚集在我們腳邊，可是，咔咔咔，又有某隻頭與身子斷裂，就以僵直的姿勢頓在那處。我們靜靜站著，只是，若有的魚靠太近，便抬起腳將它踢開。

它們以同樣的節奏速率運作，好讓人厭倦，漸漸，我眼睛又酸楚，閉上眼的話，一定是紅光仍閃爍不停，好想立刻逃出防空洞，夏季白光會將這些景象皆清除得乾乾淨淨吧。

又看了一會兒，機械聲弄得阿卜也心神不寧，轉向陳擇：

喂喂，你還好吧？

陳擇癡癡傻傻搖搖頭，又擺擺手，示意我們跟著他走，是右邊窄道，那兒水更多。走了三五十米，仍未到終點，我的鞋早就濕透了。沒有打手電，三人皆是摸黑走，一路聽到滴滴答答的水聲之中，仍有咔咔玩具魚在游動。直至某處，陳擇靠邊，打開扇鐵門，原來是他自己的單間。

房間內也無甚擺設，只有床，床上有一張水淋淋的竹蓆，那竹蓆上擺著一個油紙包。陳擇走去打開，是一動也不動的白鳥，貨郎將牠抱在懷裡，一聲不吭。白鳥已死去多時，翅膀與胸腹皆沾有星星點點的血跡。阿卜嘆一口氣，我摸摸鳥喙，牠再也不能猛啄什麼人，或從身後咬住我衣領了。

原來貨郎昨天將牠單獨留在防空洞，遂去朝天宮夜市擺攤，回來以後鸚鵡還沒掛掉，卻已被洞內老鼠們咬得渾身是血。陳擇流淚，淚水一滴滴落在潮濕的地面，消失不見，連痕跡也沒的。我從未見過有人這麼落淚，漸漸的，又喘不過氣來。

早知就不要把牠拴在鐵架子上了。

我們看到那鐵架子正靠在牆邊，一天一夜時間，它也快鏽出黃水。回來時，發現鸚鵡仍一隻腳套住鍊子，無法掙脫，整個懸掛於半空，不知老鼠們是怎麼爬上去襲擊牠的，大抵是有場惡戰了。陳擇趕忙將鎖打開，將牠摟在懷中。牠眼周那絢爛的藍邊已好黯淡，翅膀收攏，脖子也軟綿綿的。

如此這般躺在手臂裡。

鳥嘴也張開，似在喘氣。身子卻仍溫熱的，因生命在減少，空氣裡的水蜂擁侵占牠的羽毛，讓牠也變得好濕漉漉，很快，這些水又會回去，便將那最後的熱量也帶走了。

陳擇告訴我們，鳥類的心跳比人可快多了。這麼大的鸚鵡心跳得就更快了，如果他自己按照這節奏心跳的話，早就已消耗殆盡。還有，鳥的心跳亦不會越來越慢，不像我們想的那樣，逐漸變緩再停止。

我又看大鳥的眼睛，仍是兩粒黑鈕扣那樣，好單純。

貨郎繼續說：突然會停。你原以為好似跑步，以為會有個終點。其實不是這樣的，只是在某瞬間，就這樣停下了。

5，2

我們等阿卜吸完一根菸，看那煙氣與暮氣一起升至死角草地的上空，接著，由缺口處鑽到薇薇書屋，再拐出乾河沿，去到上海路與廣州路的交界處吃霸王餅。我原本是不想去的，因為餅好大，嗑完它回家再吃晚飯，一定很累，可這兩個男孩拿出一本《金庸筆下的男女》買通我，便也就去了。他們講，眼下秋風起，帶你吃個羊肉的餅吧。我曰，大善。我們走得不快，因絲毫不在乎放學與下班的人流，況且，這樣的傍晚正循環往復，將時間拉長，也不知道該如何浪費它，不如閒閒散起步了。一路上碰到其他遊俠去網咖打遊戲，本來他們和我們一樣，都自由自在的，卻被遊戲縛住，真是個蠢字。阿卜嘁起嘴瞇瞇笑，苗笛也撇一撇下巴，我與往常一樣，總在看向一處莫名不知何處的所在。

走了半晌，阿卜忽然說，也不知道白鼠們怎樣了。

一週前，他將那一箱子白鼠全數散到防空洞裡去了。

也算為陳擇的鸚鵡報仇。阿卜拍拍手，講，近親繁殖，再加箱子裡面你死我活搶占地盤，存活下來的必定是最厲害的一批，必定打得過那群灰色野鼠。

我們則切一聲，只是覺得白鼠奔逃出去的那一瞬間，地面也變得雪白，讚。

那群白老鼠會走到哪兒呢？

牠們先到達上次我與苗笛碰到便當小妹的地方，然後繼續向前，游泳經過數個沒及腳踝的水坑，便會直抵防空洞裡最大的一間，除此之外，別無其他的盡頭。這房間該是附近幾個餐館的祕密基地，裡面放了數十個巨大的方形盆，密密麻麻種的都是豆芽，燈光一照，豆芽招招搖搖，像微型的原始森林。而我們肯定亦有幸吃到過吧。嘿，別問我為什麼知道。

阿卜聽罷，愣了幾秒鐘，講：太科幻，必定是在說故事。

眼下，我們都不知道是第幾次去吃餅了，那路口還未有曾變化，苗笛遂提議再進一次防空洞：

「好不好我們再一起去看看為什麼洞裡會有那麼多水，反正也無聊嘛，離得又近。」

我伸了懶腰不搭話，阿卜也低頭不語。恰逢此時，從上海路那一條大路往北瞧過去，彩票車正緩緩開來，在接下來的幾年中，這種彩票車會逐漸消失，乃至夢境降臨，它才橫衝直撞重新出現一下子。彩票車與貨郎，以及帳篷同種性質，都神出鬼沒的。只見，車上跳下幾男幾女，擺好桌子，放出好幾大盒彩票，人群嘩一聲圍上去。兩元一張，最低獎項，髮夾、洗碗精、小包洗衣粉；最高的呢，小汽車，看見沒，正由一輛大卡車緩緩拖來，也停在路邊，車身以緞帶圍住，超誘惑。大喇叭裡有個聲音正在聲嘶力竭喊著，而卡車上又跳下來一支樂隊，每次有人抽到不鏽鋼碗筷，或幼兒玩具車這樣的中等獎品，便一陣鼓樂大作。

天氣已頗涼，我三人定住，看了片刻，那人群上方很快籠罩了一層霧濛濛的白氣。苗笛突然講：哎？那個彈吉他的是不是陳擇，還有打鼓的，好像小林。

我與阿卜仔細端詳，人在二十米開外處，看得不算真切。

——好像是的吧。

我遂抬起手，遠遠的「喂」了一聲，對方並無回應。

阿卜又說：陳擇不會彈吉他啦。

也很難說嘛，苗笛正色曰，貨郎其實什麼都能好快學會。

也對。三人皆頷首，又調轉步伐，齊齊離去。

好奇怪，自此，在這個區域，這些路上，再也不曾見到過他們，甚至，我們連防空洞也不曾再去了。

5，3

有時候很奇怪，我會由於太熟悉某處地點，而全盤忘記了它的樣貌，連走了許多次的長廊、樓梯，甚至，那一個每天皆逗留的房間也變得陌生起來了。可是，當夢裡有一處陌生的所在，我便又自行勾勒出它的複雜結構，哪怕它外表像一個方盒子，你看到之後，絕對不會覺得那其實是一個謎。這結構永遠猜不破，東課樓就是個例子，不過也不好說啦。我們幾個人圍觀過它的廢墟，那時，任何一個藏匿之處都化為烏有，只被消解成簡單的木條與磚塊了。這是夢由複雜變簡單的過程。亦有反向運作的夢或事實：

我靠著一棵樹坐下，手裡的接收器無反應，無訊號。好久過去，連收音機都沒電了，金曲中斷，我只得站起身來，穿過更上方的樹林，再沿一條小路走。空氣裡的冷味兒更重，我睏倦得很，閉眼，抵達小路的盡頭的一處山坡。山坡上面有許多高大的橡樹，地上滿是橡子，我在廖仲愷墓附近，事實上我也不知道自己在哪兒。在橡樹間，我又發現了一些野墓，此處風水甚好，便有人悄悄遷了墳地過來，落葉裡的黃紙未爛，草叢中是不知誰種下的曼珠沙華，正熒熒閃著紅光。

我埋頭走，不算太快，因我愛步子慢上半拍。走著，一抬頭，發現站在一條甬道盡頭，兩旁皆是石人石馬，我知道，這是我夏天出遊時，刻在腦子裡的又一記憶。可接收器是這麼回事？實在記不清了，大概是……我某時超迷收音機的緣故罷。秋天天氣很涼，道路兩邊的桂花都開了，香氣混合某種險峻的岩石氣息，撲面而來。我走上甬道，腳步聲好響。天色卻沒有剛才那麼暗了，從遠處某個地方，似傳來隱約人聲，恰如傍晚時分。

應該是某種想要接收到訊號的執著念頭作祟，才會睜眼一路拐上這孝陵，我遂又要笑自己傻，這裡又能有什麼鳥訊號呢？倒是旁邊的石人石馬高大靜默，眼前籠著昏黃的薄霧，我走得偏這樣迷迷登登。反正這堆東西已經站了好幾百年，給我尤其長的時間範圍。

我遂一直往前，恍惚之間，見有人面朝我走來，看不清容貌的，和我步速差不多，逐漸走得近了，終於肩膀挨著肩膀，擦身而過。隱約的，對我笑了一下。我心裡想，笑個鳥。復又覺得好生奇怪，這樣的夜夢裡面，會看到誰呢？

我忙回頭去瞧，可早已沒了此人蹤跡。

喂。

我喊了一聲。

卻有無數個喂從石頭人與動物的口中低沉而出。

這對面來的人，會是那時的我嗎？

naga

話說山高水長時，在江邊有個二饢神，面對莽莽波浪無法渡過，遂解下隨身的包袱，從中掏出兩個饢餅，先後拋將入水，接著，提氣縱身一躍，趁著饢還沒沉，想乘風破浪抵達對岸，他也知道要特別小心，千萬不能喘氣，否則身子一重，浪花就沒頂了。

可那傢伙到了水中間，便遭遇了從未有過的逆風，非但饢餅被掀翻，人也被吹到半空中，一時水波擊打在身上，生疼。他索性閉上眼，隨波逐流，漂蕩無邊，和我們一起由河入海，流落他鄉。

1，1

情況有所好轉時，naga 開始留鬍子，我原以為他會長出落腮鬍，沒想到只有嘴角與下巴上的一撮，倒是越來越密，慢慢變得有點像鞋油刷，因為有些鬍子是黃色的或者紅色的，這一來，更印證了他是突厥人後裔這個假設。又過了幾天，他的鬍子長了，嘴邊的微微翹起來，任憑他怎麼用手指按也不肯服貼，於是他找了一把小剪刀，打算修剪一下。鏡子裡映出魁梧傢伙的黑臉，看來他對光的折射原理沒概念，幾次剪空，讓他唉唉直嘆起來。

「為哪般！剪到的都是嘴啊！」

我無良地踱步至門邊，看到他手舞足蹈好一會兒。空氣裡面滴滴答答走動著抽水馬桶管道裡的水聲，好像分秒一樣偷偷摸摸，片刻不停息，還有 naga 手臂裡的血流加速器，我聽見了，不知偷走他幾多時間。

「喂。」

「等鬍子再長一點吧。可以弄得……呃……比較平整？很屌的。」我轉身在網上找了一張說得過去的大叔照片。果然，看過照片他就傻笑著坐下來，肚子上面一坨肥肉。

我又拍了拍他的肚子。

在他搖搖擺擺唱著陳昇的〈發條兔子〉那句，「兔子裡真的是有發條」時，我會忍不住說：

「你唱得沒錯，你肚子裡真的是有發條，每天想要吃什麼。」

他嘿嘿笑起來：「這叫有背頭。」

靠，所謂「背頭」，就是說，如果你身體強壯的話，被砍了一刀也可以硬挨，反正都是砍到脂肪層，血多不怕流。

生病也是一樣，疾病就像漫長的冬天，等狗熊睡醒，肚子裡的脂肪被寒冷消耗光，不過好在可以存活下來，對吧。

我實在是太毒舌，不過我答應過naga，如果我論文答辯順利，又從計畫書的魔掌裡逃脫出來，我就要寫個深情的文章送給他，但我實在不會深情，毒舌就是我最深的感情了。

1，12

naga是個衰人，很顯然我也是。剛認識不久，我扮作半仙給他看手相，看到他手裡一根生命線飄飄渺渺，中間斷了一截，不由大「擦」一聲，只能避重就輕對他說：

「你的人生有兩個大波！」

「滾，你才有兩個大波。」

「反正這兩個大波是隨你無法更改的惡習來的，但我不知道這惡習是什呀。」

「我告訴你吧，是——好色。」

我們一起嘿嘿嘿嘿鬼笑起來，要多猥瑣有多猥瑣。

我有張叫做「苟富貴，勿相忘」的 formulaire①，當我預感到一個朋友之後可以飛黃騰達，我會逼迫他／她填寫一下，簽名按指紋。這樣我也能老有所依，不會流浪街頭。明顯的結論是，naga 不用填了，而他算出我財帛宮裡天馬行空，又告訴我生孩子還不如不生（「性格比你還差，又不合群又破財，簡直是來討債的」），我們就徹底放棄了這項互惠互利的條約。

不過他在我這裡可以享受最惠國待遇。例如：

「快看，前面一個妹子腿不錯，在你的兩點鐘方向。」

一般來說，為了保持我正經人的形象，我是不會這麼公開看腿的。

作為一個沒錢缺少溫情又滿嘴狗屁話的朋友，我實在不能給 naga 的生活帶來任何實際改善，除了一點關於生病的共同體驗之外。不過事實上，我也絕對沒有能力在疾病中找到啟示，疾病有時候像是爐子下面的小火，慢慢熬乾一鍋粥，又像要你在夢裡猜謎，繞來繞去不可解，但是有時候你會覺得，虧好有它，你還活著，它是

① Formulaire：法文，意指表格。

死之前的保護盾。好幾年前，在快要想破頭時，我自製了三個錦囊放在窗台上（這是後話）。

疾病只有在你硬要做某事，它卻要生生阻攔你的時候才顯示出其威力。對於我來說，是「顯得認真」，每一次嘗試都是痛苦的，我要思前想後，心跳加速，會喘不過氣來，生怕一旦失敗便好似一個蠢人。而對 naga 則是，乾脆，阻斷了他好色的本能，使其面對美女力不從心。在手臂上的管子還沒弄好的那段時間，他胸口被打穿以便接上機器，每週三次人與機器共舞，其實是安靜的舞蹈，血液源源流入機械體，運行一周天，再重歸他的身體，每次四小時，中途可以吃平時被絕對禁止的食物，比如巧克力與香蕉。只有看到機器的時候，才知道身體的局限，才能體會到它有一個部分已經徹底掛掉了。naga 說他想盡力忘記這回事，不去醫院就絕對不想，大吃大喝，與我聊天打屁，上網把妹，共賞 A 片，才不要管這機器生涯所帶來的現代性弔詭。

1，2

不知道你有沒有被晚霞壓住過。

如果不下雨，從五月到十月都有機會見到晚霞，是一大片鮮豔卻又不熱烈的火焰，天空壓低，你背脊黏著床單，灰塵與熱氣在身側起起伏伏，火焰一點一點，從遠處的雲層，樓房的窗戶，五米處的樹梢，燒到房間裡，從腳到頭髮，全沉浸其中，你只能微微瞇起眼看，彷彿一場大夢。

naga 的電話破壞了六月初的晚霞體驗，之前我只是聽聞他乃是個把妹不成的癟三，為什麼把妹會把到生病，鬼才知道原因，我另外一個狐朋狗友胖花身邊妹子來來去去，如水流不斷，就從來沒出過問題，但，一定是哪裡有問題。

已經說過，我極少有同情心，只有荒誕的現實打動我，讓我幡然醒悟。上一次見到如此豔麗的晚霞已是好幾年前的事，我正在為冰箱除冰，由於完全沒有除冰的經驗卻又著急完成無趣的工作，我找了一把大刀猛擊冰塊，弄得冰屑滿身都是，雙手直顫。不知道怎麼了，冰箱冷凍櫃被我砍出一道缺口，氟利昂嘶嘶洩漏，這時，我與冰箱，加上一攤冰渣，像是要在紅光裡面消融，用手指掩住缺口亦無用，只有嘶嘶的響聲是真切的。窗口處的雲在飛快變換顏色，每一種都很鮮豔，好似直接從視網膜上摘下來的。我回過神，對當時的室友王小姐說，喂，下樓幫我買包口香糖，我嚼一嚼把它貼上。

她下到五樓，又返來，探頭問我：你要什麼味道的？

故而，naga 自曝病情卻帶著數塊火腿來找我時，我猛然間想到的是幾年前的這個場景，一樣的晚霞與燠熱的天氣，時間不曾移動過嗎？之後的幾天內，我時不時打開冰箱，探一探還有沒有涼氣，或者側耳傾聽是否還有洩漏聲，吃口香糖，重新貼住缺口，真是徒勞又惘然。

naga 送我的是金華火腿，含鹽太高，他的身體無法代謝，血液無力，多餘的鹽分會流轉至心臟，漸漸使心事越來越重，最終，怎麼流淚也不夠，它們結晶太快，讓人變成一塊火腿。別聽我胡說八道。

火腿方方正正，共有兩塊，應該是選了一條豬腿上最好的那個部分，吃起來卻是鹹得不得了，不管我怎麼用水泡或者加上蜜糖一起蒸，還是無法下嚥。但是帶它們來我家的 naga 卻完全不管這些，據說他得知病情之後，在漫長的住院的時光裡反覆思考的便是它們的出路了。

不過，喂喂，保質期是三年啊！（你妹的那麼長。）

我看到小標籤時忍不住冷笑數聲。

等你裝了新腎，我再將它們交還給你吧，naga 同學。

1，3

空氣裡隱約泛起一絲黏黏的甜味，街道兩邊的假栗子樹也是那種銳度極高的綠色，風從我肢體的每個縫隙中穿過，卻無殺傷力，彷彿慢慢走的，溫和的時間，在這會兒，它被延展開，讓我有空找到站在橋頭的 naga。他穿黑色皮衣，好像天裂開掉下的不知道是什麼鬼的玩意兒。

見我盯他瞧。他立刻中氣不足的說：

看什麼看，沒見過夏天穿皮衣的嗎？我冷啊。

碰了碰他手背，確實涼涼的。我立刻嘲笑起他皮衣的款式來，他也頂著灰敗的臉色與我說笑。這是他手臂沒有釘進接口的那段時期，每次透析完，便像是剛從地窖裡爬出來的。

這時候如果碰到心儀的妹子怎麼辦？我雙手插口袋，走得搖搖晃晃。

幹！趕緊把救護車召回來呀。

很快 naga 厭倦了讓救護車將他送到我家樓下，吃完飯再坐區間列車回自己家的套路。正巧他被房東趕出來（大概怕他無聲無息掛在房間裡），於是索性就在附近找了一處 studio，毗鄰超市、pizza 外賣店和日本料理店。暑假後，總是三不五時就碰到他，有時候逢一三五他去醫院前，我就會四下張望，問他：

哎，你的救護車呢？

停在後面那條街上，你看不到啦。他如是回答。

其實也未必一定要去醫院啦，醫生之前向 naga 提議的方案是，分給他一套機器讓他自己在家操作，鑑於他還年輕，至少有大把機率存活，在最初不熟悉操作手法的階段中，會優惠附贈一個貌美的小護士助其插管。提議是真的，小護士是不是 naga 在 YY②，不得而知。不過，他還是毅然拒絕了醫生的好意，誰要家裡堆得到處都是器械、藥水和小護士?!如果有心儀的妹子來了，能把那麼大一台機器藏到衣櫃裡去嗎？於是 naga 寧願渾身冰冷，穿著土掉渣的皮衣在夏天乘救護車出行，也不願丟臉。但一旦從醫院裡出來，他便得意洋洋炫耀起他胸口的紗布與塑膠管，賊兮兮說點今日見聞，比如一直透析到八十歲的色老頭什麼的。

我知道他在怕的，他連救護車都不要讓我們看到，假裝自己還像年少時那樣能一拳打碎同學的鼻梁，並且告訴自己一直沒新腎也無所謂，他這傢伙真的可以活到八十歲。是啊，怕歸怕，可這世界你就得和它來真的，被嗑碎了還要噎死丫的③。

1，41

有人和我講過，如果沒有對疾病的切膚體驗，要寫出一篇疾病的歷史很難，因為病痛變成文化符號，相對的，沒有死亡的經歷，詩歌裡面的所有的「死」都顯得那麼空虛，你可以死好多回，活過來很多回，然後把它們都拋在腦後。古人有關大疫的記載裡面，一個重要的角色是某個白衣女人，她經常莫名出現於城門附近，向眾人乞討，隨後又神祕消失，緊接著，人們接踵翹掉，根本來不及反應，此處便成為一座空城也。你若不是早已在網路上看過依博拉病毒肆虐的照片，或於非典時期與大家一起戴口罩不敢去吃火鍋，怎麼能理解這樣的狀況呢？引用 naga 的話，「有

---

② YY：網路用語，為「意淫」之漢語拼音縮寫（Yi Yin）。

③ 丫的：北京方言，戲謔的表達方式。「丫」在此處無實際意義，僅為增添語氣。

必要聲明一下，用腹腔的半透膜透析有兩個壞處，一是很容易感染，二是透析時間太長」。

我根本也不知腹腔的半透膜是什麼鳥東西。

如果要起一個日本名字，naga 應該叫拔管大笑郎。他很早就嘮叨著要把胸口的管子拔掉，因為那很麻煩，帶著這勞什子穿襯衣痛且醜，鼓鼓囊囊的，顯得胸很大！每次要與機器相連，就得貼上麻醉片，平日裡還需用塑膠泡沫包起來（就是那種一擠啪一聲的），當然是為了防水，有一次 naga 坐上救護車，才發現洗澡時水都流進塑膠皮裡面了，管子飄啊飄，胸腔變成個一個聖誕水晶球，把他倒過來的話，估計就會有音樂響起來了，之後，血花片片下落？他晃晃身子，聽到水刷刷直響，naga 和我講起此事，我思緒又飛走，想到小時候冰箱壞掉時那些絕望的雪糕，打開包裝紙以後，巧克力混和著融化的奶油，怎麼也兜不住的滑到水池裡，只剩虛弱的木棍。

我對迅速的痛反應很慢。迅速的痛是指降臨的猛然性，無論怎麼準備，它還是悄無聲息一下子就來了。而麻醉失效的 naga 對待一連串的疼痛（每次都很突然）早就不在乎了，他用手按壓住傷口，血反而飆更多，漸漸，垃圾桶滿滿當當都是衛生紙，之後，他換下染血的衣物，剪成片片製成擦鍋布、烤箱專用手套還有抹布，暫時用不了就疊成一堆放在櫃子裡。

一邊不再為大掃除清潔工具不夠而擔憂的我，一邊在感嘆著疼痛與時間混為一談所產生的微妙，我可以習慣一個月中持續心跳不規律，屢次扶牆想要嘔吐，手抖得夾不住紅燒肉，但一次做胃鏡時，塑膠管剛順著食道插進去，我像沙灘上快要死的魚一般抽搐起來，並且還相當不爭氣的迸出眼淚。

1，41

如果沒有疾病的糾纏，時間也僅僅是時間而已。不用去透析的日子過得比較快，因為每週二四六日只是為了醫院生活做準備。時間被過度標記，也就會顯得沒標記，沒特徵，一眨眼消逝而去。同理，一處地點倘若被特別點出其特徵，也就變得讓人再也認不出。

出院之後的 naga 被迫放棄一些娛樂（例如打籃球與把妹），只好頻繁找人去中國城吃飯。如果硬要說那裡與家鄉有什麼相似的話，數來數去，就只有連成一片乏味的高樓與大型亞洲超市了。每次 naga 拖我過去，我都不太情願。我已在這裡買過所有怪裡怪氣的食材，喝過每一種東南亞出產的詭異飲料。我也曾坐在樓與樓的縫隙中，邊吃風邊偷聽越南話、泰國話和潮州話。現下，naga帶著他放慢速度的身體，硬要來這裡消化一些油膩食物，我呢，由於熟悉的睏倦，也挪著步子和他一起走得像老人。疾病給naga迅速消亡卻重複的時間，也讓我偷來幾分鐘。現下，光線由層層疊疊的家與窗戶，經過幾次曲折的反射落在我頭上，以期產生定格效果，地面上的鴿子組成的灰色塊像髒兮兮的潮水起起落落，空氣裡生肉、發酵果蔬與流動人群混合的味道，無論風從哪個方向吹，都沒法散盡。

疾病使時間變為揉皺的紙團，等拉開它，卻發現每一個側面都成為西洋景的夢幻一鏡，睜大眼睛使勁看，畫面機械動作，場景熟悉，光線與聲音卻齊齊沉默，一套畫片播完，你早分不清過去與現實。

百無聊賴中，我無法開口說話，naga卻稱我為自走型食物處理機，人形餐廳打分牌。我沒話好說，因為疾病變成了主要話題，正如之前說過，時間正在以極高的相似度在我面前拉開回憶之帷幕，讓我莫名傷感。我們突然陷入殺時間的死循環。

這種挫敗感就和突然看見某個中餐廳門口貼著越南版《紅樓夢》話劇的小廣告，卻完全笑不出來的那種囧境一模一樣。naga對抗疾病的方法簡單直接——它來臨時顯出一副大大咧咧完全不在乎的樣子，世界上所有的事情似乎都不如把妹重要，而在其他時間中忘記它。我則是試圖與它共處，它不侵占我，我也不利用它。

但是它經常使我想起一些溫情的片段，這對我這樣滿嘴跑火車的人十分難得。我該講一個連環故事，讓 naga 忘了我們是天殘地缺衰人組的不爭事實。

喂，你看到那邊高樓第N層的窗戶沒？對，就是掛著難看的窗簾的這一家。

我對這個鳥地方那麼熟悉，是因為我在這裡住過。樓下是賣香茅雞腿飯的小飯店，不遠處有一家越南粉店，每到週六老闆就演唱本地民謠，我若想找樂子，也會準時報到，與地頭蛇一塊兒拍拍手，或是喝幾瓶啤酒。之後我就回那個小房間，我當年的狐朋狗友王小姐菸癮比 naga 還要大，在我們搬家前，她經常躺在對面那張床上吸菸，開半扇窗，吸著吸著就坐起來，咳嗽一陣子，比我們現在還要像老人。我剛到不久，只能寄宿她處，除了一箱書什麼都沒有，王小姐閒暇之餘情願去雅虎聊天室掛上一下午，也不要走出房門半步，我沒開學，看書也沒用，索性盯著窗外發呆，看半個月內最壯麗的晚霞，看樓下聚集在一起的小混混，看一個塑膠袋在高樓風中起起伏伏。

由於還沒來得及購入棉被，王小姐借我一個軟趴趴的老虎玩偶，與其說它是一個老虎玩偶，不如說它是一條脫了節，披著老虎皮的大蛇玩偶。她於頭一年我們居住的外省購得此物，那時候，一個流動馬戲團駐紮在城市邊緣，我們買了門票進去看，吐火球、走鋼索、老虎跳圈一應俱全，觀眾卻寥寥無幾，為了安慰失望的馬戲團團員，王小姐慷慨出資買下它，從此老虎玩偶成為她心頭摯愛，連搬家都帶著。

玩偶的皮毛是化纖材質，一股灰塵味，貼久了再分開靜電就會嘶嘶作響，好像磁鐵一樣，我的頭髮都被吸到它那裡，每天入睡前，為了獲取最大覆蓋面積，都得將它碾平，然後小心翼翼躲到它肚皮下面去，我頭枕著它的頭，或者乾脆將它下巴擱在肩膀上，雙手環繞圈住，擺出一個跳舞的姿勢，是為了不讓它移動。往往午夜夢迴，就發現自己姿勢未曾變化，老虎表情有點讓人發笑，鬍子刮到我的臉頰上，王小姐仍坐在閃動著藍色的屏幕邊，房間像是深海一樣靜悄悄。

naga 啊，我偷看到你枕頭邊的大兵手辦④了。

1，5

那會兒冬天裡寒冷的氣息嘗起來又乾又苦，混著稻草味的風像是從臉上扇過去的。從我老家房子裡出來，僅遠遠的河堤處有燈火。其他都影影綽綽的。天空深藍色，星星很明顯。每次我和人說，得到的回答基本都是：「亂扯，哪會有這麼單獨的夜晚呢？」要麼這樣：「從未見過如此清楚又繁複的夜空呀。」

我和 naga 經常在夜間閒逛，日餐店早關門，咖啡館的椅子也收進去，我們晃一路，趁酒吧還沒打烊去偷喝橙汁，有段時間他必須控制飲水量，所以只是散步。我們倆有時嘮嘮叨叨，有時一言不發，會一起抬頭看天，或盯著地面，大腦已運轉到脫軌。某次，星星超多，不僅有白癡都能認出的獵戶座，還有一些我們這種星盲根本不曉得的行星也以肉眼覺察不到的速度移動著，發出忽遠忽近的光。

naga 沉默半晌，慨然說：靠，這時不是應該和心愛的妹子一起看的麼！旁邊怎麼會是你啊！

說罷，我二人又勾肩搭背繼續向前走，邊走邊還是在嘴張老大的看著天。

剛開始接上機器時，naga 面色慘淡，連頓晚飯都吃不完，哪裡還能發表如此一番鳥感嘆。他疲倦得很，睡很久，睏意從黃昏到黑夜層層疊疊壓將上來，將他嚴密

④ 手辦：網路用語，指人形模型。

包裹住。生病就是這樣，原本身邊好似一片空空蕩蕩，可一旦中招，連空氣也變重，隨每次呼吸將世界夯得密密麻麻，就如滿眼繁星。

其實一次發燒就能讓人全明白。眼睛像是睜在身體內部，一開始，什麼都瞧不見。所以疾病首先帶來的不是恐懼，而是困惑。也像是待在那種「單獨」的夜晚，我小時候愛神經病一樣拿著手電筒朝天空亂照一氣，黃色光柱慢慢消解於不可測量的距離中，在那個切面，我看見空氣塊累加，重疊，星星由於外來光折射的干擾，一陣亂搖。時間刻度也沒了，我們要窺探某種祕密，但取而代之的乃是一片幻境。

2，1

髒兮兮的老虎玩偶還沒出現時——它出現以後，也僅僅陪伴我一段短暫的時光，唉，我總是喜歡回溯過往的事，尤其是在和 naga 一起瞎扯時，我們屢屢說起中學時期的諸多片段，好像這樣才能體現真正的自我。我常常發覺，扭頭向後看的目光會讓實實在在發生的全都蒙上一層奇幻之光，更為讓人驚訝的是，這層光芒反倒讓過往顯得更加真確單純了。所以，在我們的狗屁話裡面，我一般扮演著肝膽相照兩肋插刀的鐵血戰友，naga 則成了丟鑣大俠，他能把鑣餅「咻」一聲拋好遠，之後順風順水，奔馳三千里。草，還有比這個更熱血的嗎？

其實我隱瞞了一些事實。naga 和我混在一起之後，我們越來越少說起疾病了，我知他有一本在病房裡寫就的祕密日記，很顯然，他除了想怎麼把火腿送給我，還思索了另外的細節。還有，他一直邀我去醫院觀摩機器運行的全過程，卻拖延至今未兌現（我只見過一張上面有紅色血液管的照片）。取代這一話題的是越來越多的回憶與現實生活的細節，逐漸把我們從被疾病追捕的孤單裡拉回到正常軌道。大家悄悄改變了抗衡的方法，即假裝堅定盟友，假設友誼一直延續到死。我們難免勾肩搭背說一些肉麻話，規定兄弟會信條，計畫共謀大事。

在這些出現以前，naga 撐在病床上，用像鬼寫的字體（他的原話）記錄的東西，我不可能想到。與他同在的，只有不相干的儀器、藥水、醫療人員，以及還沒徹底熟悉起來的疾病。之後，他就會如我一樣發現，原來最好的兄弟就是疾病，像一個極想訴說，但無論如何也找不到合適方法說出口的祕密。

現在我試著講一下。

十三歲到十七歲的四年時間中，我最好的朋友是一隻烏龜，每天晚上睡覺，都能隱約聽到牠在床下默默爬，牠長得比預期中要快，原本殼是標準的橢圓，短短幾年，就變成一個上窄下寬的怪形狀，我常用筷子敲擊牠殼子的邊緣。牠看似遲緩，有一次卻突然快如閃電，把筷子咬掉一截。如此的劣跡很多，比如，我想創造出小型的水底世界，於是買了一個透明的大玻璃缸，放了水，然後把新買的金魚蝌蚪一股腦都倒了進去，又丟了幾棵水草，再想一想，我又把烏龜從床底翻出來，那時候牠還小呢，這麼大的缸足夠牠游幾圈。烏龜先是羞澀的沉入水底，過了好一會兒，才伸長脖子，在水中划著四肢，慢慢游動起來。我看了幾分鐘，覺得很新鮮，烏龜轉過臉，正好對上我的眼神，我這才頭一次發現牠的眼瞼是金色的。可在我沒留心到的之後十幾分鐘中，金色眼烏龜便吞掉了大部分蝌蚪，咬掉了所有金魚的尾巴。水底世界頓時變得滑稽了，烏龜潛在一個個彩色氣球的歡樂氣氛裡，金魚們無法保持平衡，上下翻動，搖搖擺擺，過於滑稽，從而成為我的一個主題噩夢，由頭到尾，陪伴了我持續最久的一場高燒。

2，2

相比我的高燒，naga更不明白自己是怎麼了，已經說過，他並不想談論更多。因為名字，疾病的名字，在旁人的耳朵裡可能只停留幾秒。小時候，我常在家門口閒晃，有人和我打招呼，問我最近在做什麼，當我非常認真打算和他們說一說在沙地裡的大發現時，我突然意識到，「你在做什麼」並不是一個真實的問題。當你有某種感覺，便會傾向於將它變為精準的描述，而後，這些描述，會努力變成一個詞。naga和我講，他在去年四月，他對身體的感受尚曖昧不明。正相反，他來不及去體會，理解，總結，便被告知一個完全沒有疑議的詞彙——insuffisance rénale⑤，以我們平時對疾病的可憐認識，以及莫名其妙的語言障礙，他沒辦法了解個中含義，唯一能做的是：接受注視，某種對待病人千篇一律的目光，抑或者在一次眨動時，一些情緒洩漏出來。

---

⑤ insuffisance rénale：法文，意為腎功能衰竭。

而他沒來得及讀懂體會，便又閉上眼睛，咔嚓，斷了電似的沉沉睡去。身體開關被按下去，簡直是強制性的。

在他說這些時，我很難讓自己不口吐髒話。這時我才體會到，疾病不是一個名詞而已。我們也只是在茫茫水面，在黑夜裡，任由波浪顛倒的可憐蟲。書面知識裡，所有關於「疾病」的認識論都異常虛偽。我閒閒濫用 **naga** 與我的友誼，寫一篇有關身體與病症的廢話，絕對沒良心。因為，我們只對真實的發生在自己身體內的疾病有所認知。

我在夜裡，不記得已經是第幾個晚上了，持續的高熱與不正常的心跳，讓人有些厭倦，城市夜間過亮的燈光正侵略房間，樹影像有了生命似的，床下的烏龜又在悉悉爬動，這是最深入冬季的時期，按理說，爸媽應該已經將牠收入空的沒有水的魚缸裡（裡面墊了舊棉絮，烏龜上面會壓著我小時候用過的舊枕頭），故而，我一定是聽錯了。

就像 **naga** 的胳膊裡被植入一段塑膠軟管（血管很脆弱，一次次針頭扎進，會讓靜脈徹底廢掉，按照醫生的說法，這是為了加厚血管壁的），搞不好，這玩意兒也能加速血流，以便它更清晰的被感受到。總之，手指搭在上面，便會有突突跳動的觸感。如果足夠安靜，認真去聽，還有噠噠的響聲，而多數時候這聲音幾乎細不可聞。

某次，naga 臉黑著從浴室裡衝出來，他的臉本來就黑，一黑就便會更黑了，他頭髮上的水還沒來得及擦，T-shirt 後面一大片濕漉漉。

我操，你過來摸一下，好像這管子裡面他媽的不走了。

靠，不會吧。

我手指挨上內側的手肘，感覺他手臂的肌肉有些抽搐。

每到緊張我就想要開玩笑，我難以自控，只願顯得不正經。

「不要緊，真不走了，就讓護士 pia 一聲把它拔出來，再 piu 一聲搞根新的弄進去就好了。」

你以為這是在喝飲料嗎?!

「喝飲料更像你透析的時候嘛。」

滾!

哦哦，跳動的感覺還在。

噢，剛一瞬間，以為它……可能是水流遮住了，一定是水吧。

我心裡面靠了又靠，瞇眼看窗外，噠噠聲側耳可聞，而藍天正慢慢傾斜著呢。

2，3

踩不到邊界時，naga保持理智，每天只喝半升水，戒菸戒酒，隨時注意心跳和血液流速，並擔心突如其來的併發症，例如眼睛半瞎什麼的。他大體上成為不噓噓星的領袖人物，憋尿兩天，直至機器把他從廢液球的狀態中救回來。他雙頰鼓起，頭大如斗，軟綿綿沒力氣，到哪裡都是轟然一臥，像隨處丟棄的大型垃圾。

如何踩到邊界？naga坐著公車出神，景物渾渾噩噩，周遭一切融化變形，好似蛋糕裡穿行一般，奶油花、水果夾層、蛋糕底模變成黏糊糊一團糟。

真糟糕啊！

那你怎麼辦？

當你什麼都不能做的時候（因為疾病強行禁止），你反而沒有任何界限的概念了，以前喝酒喝到流出一碗鼻血，醒來照樣可以一抹臉去打籃球，現在呢？不曉得哪一杯就讓你掛掉了，對吧。你都摸不清自己的身體了。

於是naga在混沌中靈光一閃，心裡生出「老子不活了」的念頭，遂拿起身邊一升裝的礦泉水瓶，喝得一滴不剩。

幾乎驚到我這種膽小的人，像我，嘴裡長個泡都要疑神疑鬼，最後不知真哭假哭去訴苦：靠，我不會得了口腔癌吧！我小時候看新聞性的恐怖節目（社會大廣角，大眾喜聞樂見的紀實類報導），有大半年時間它都在跟蹤採訪廣東佛山一個手指上出現黑點，最後幾乎兩條手臂都潰爛的一個女生，我被嚇得每天洗手六七次，半夜裡睡不著，摸到自己腳踝那裡一根軟的經絡，還以為得了怪病，立刻大哭。你說我怕死？我怕這樣不知所謂，喪失行動能力，最後尊嚴全失的掛掉。

你別放屁了。

這些算得了什麼。

隔天透析時，naga 自然被醫生罵到臭頭，他整個兒浮腫起來，體內不知道一個什麼鳥東西的指數高達八百六（據說這是判斷腎功能的關鍵指標）。

機器救我！

naga 當時心裡會這麼想嗎？在《西遊記》的漫長旅程裡，每有妖怪出現，唐僧便會喊出「悟空救我」這樣的台詞，大家都知道這禿驢不會有事，可現在我們只曉得：媽的，還好有終點。

不會這麼豪氣干雲，你不用呼救，別人會明白。naga 如是講：

你去過急救室沒？

有的人被推進來的時候半邊身子沒用了，有的人一動也不動，臉上罩著白布，不知是死是活，有次來了個老頭，嘴半張，只有眼珠在轉，一番操作，性命仍在，眼眨了眨，閉上了。

說這些時，naga 叼著空菸斗，像小朋友喝完飲料還要唆唆玩吸管過癮一樣。我前二十幾年都沒吸過二手菸，但自從他情況好轉，又摸到界，大吸特吸，我就時常整個人被兜到一團白霧裡，睏得一塌糊塗，肺也疼，卻道是再過幾個鐘頭，自己就又會有精力，活蹦亂跳一陣子，一會兒伸手抓一把 naga 的肚皮，又翻看幾頁閒書，也不知道個盡頭。

好似，小時候的某個黃昏中，無聊和一群鄉野混蛋（年紀都不超過十歲）偷抽絲瓜藤，藍色煙霧起起伏伏，弄得麥田也起起伏伏，不甚清楚，突然綠色波浪陷下一塊，白晝換黑夜，在幕布更迭那一線，田野的邊界慢慢露出來了。

2，4

有時 naga 目擊我寫這些有的沒的。他嘲笑我的寫法簡直是弱斃了，事實上，我不太習慣當著他的面，細節會撲面而來，讓我失了條理，大腦一片混沌。他埋怨道：你總是引用我說的話。但前後時間都不對。我知他是覺得我藏藏掖掖，始終不肯將他演講中的閃光點拿出來，相反，僅是抽取一些看似無關緊要的。我已經說過，關於疾病，我們談論太多，大部分表達已離開初衷，當你預備寫一些什麼，那便是不誠實的開端了。我有意要變坦率，卻仍忍不住穿插一些廢話，吶，講話本就是掩飾的過程，那寫算是什麼呢？

對我們害怕之物的遮蓋。

像一隻手捣住口鼻，我能夠體會這般沉悶，我與 naga 需要新的要素讓故事有轉折，不知道他是否也同樣期待著。在一開始的驚奇，迷惑之後，時間漸趨平穩，害怕卻仍在，乃是由於未知突然如此迫近，卻如此單調，像夏季的陣雨，每一次白色明亮的雨點落下，空氣似乎鬆動了，接著，壓力又聚集，天色變化，雨點再次接踵而來，和細節一齊讓人無法清晰看出事件的脈絡，不知其樣貌，也不知其根本，只曉得它們就這樣來了。漸漸 naga 陷入對將來的焦慮中，我仍然在前個思維裡面，總有人提醒他該吃什麼不該吃什麼，並且將針頭一次次扎入他的身體之中，他無法停留，而我迷迷惑惑，皆因我無此切膚之痛。

連說一個祕密都彆彆扭扭的。naga 總是提醒我，喂，你忘記前面的某個線索吧，那個之後怎麼樣了？

之後怎麼樣了？只能以這樣的方式向過往發問，卻不可以向將來與虛構發問。

連環故事中，高燒也像是陣雨，在它離開之前，只能盼望在發作的間隙有更長的喘息的機會，幾乎每年都這麼來一下。烏龜狂歡節的隔年，我去草魚家過暑假，一連半個月都在竹蓆上默默流汗，牙齒與太陽穴疼痛難忍，我卻像是擺脫了什麼一樣。naga 說臥床的日子不分晝夜，睜開眼隨即又睡過去，有種奇怪的東西在阻撓著，讓你什麼都做不成。我躺著，身上的棉被像層殼，我四肢都蜷縮其中，被子如茫茫的黑夜，手腳之外，全無溫度。我又聽到烏龜爬動，我學牠把頭縮進棉被裡，閉住呼吸，然後再探頭出棉被，深吸一口氣。爸媽都睡了，每到夜裡這個時間，我就自動醒過來，烏龜有默契一般，此時便出來。正如 naga 總覺得我能幫他打發漫漫的對將來的等待。

那一年，我也記不得了。我在床上拖延了一個冬天，直至立春吃了兩個剛炸的豆沙春捲才覺得自己喘過氣來。春天一到，便難得的有幾天是好天氣，我坐在陽台上曬太陽，爸爸的羊毛衫是黑色的，吸熱，這城市的春季非常短暫，我卻全身暖得如獲新生。我突然想起烏龜，牠陪伴我那麼久，那再陪我曬曬太陽吧。全家找來找去不見其蹤影，後來還是爸爸一拍腦袋想起來。

牠應該還在玻璃缸裡吧。

大家進了廚房，玻璃缸上面堆滿了雜七雜八的年貨，清理完畢，我們掀起上面鋪的枕頭，時間停滯。烏龜保持伸長腦袋的姿勢，已經死去多時，卻仍顯示牠活躍的本性，牠四肢伸出，像在划動虛無的水，把四周的棉絮都弄碎了。很顯然牠是缺氧死亡的。

那麼，在高燒中聽到的響動是？

飼養小動物的溫情會變成很奇怪的東西。初始時陪伴的歡樂，以一種殘忍的定格持續著，例如，我養的螞蟻自動變成灰，龍蝦呢，一隻被另外一隻吃成空殼，倉鼠把牠的同伴咬得血淋淋。

這些到底是我童年高燒的原因還是結果呢？

naga，現在你總該明白為了遮蓋，我是怎麼撒謊的。

3，1

冬日的某天，naga 一早打給我，聲音聽起來含糊不清，外面正在下小雪，天上鋪滿了灰氈子樣的雲。喂喂，你在嘛？

怎？

我夢見你掛掉了，你千萬別掛掉啊！

別亂講話啦，我只不過時不時心率過速而已，你有沒有聽過壞蛋活千年這句老話。

電話那頭嘿嘿笑起來，在我看來，naga 頗喜歡玩深情的那一套，他還告訴我他在夢裡痛哭來著。接著話鋒一轉：喂，你中午想吃什麼，我外帶 pizza 找你吧。

幾小時後，他仍繼續這套說辭，把一塊鋪滿奶酪的 pizza 擺在我眼前，說，我哭得枕頭都濕了，你趕緊吃吧。不知道這兩點是怎麼聯繫到一起的，總之，不可以用正常的理性思考，大概 naga 發現我是個神經病以後，便放鬆下來，把邏輯什麼的丟在一邊。如果你仔細觀察，你會發現，一旦生病，大部分人會立即取消你的智力，好像你再不是從前的你自己了，而是變成他們要用另一套思維對待的對象。naga 本著與其被人砍一刀，不如自己動手的態度，我則自認有病成了習慣，與他交流無礙。

這也沒什麼大不了的。於是，我們總抱有反正明天搞不好就掛了的心情，反倒格外歡暢。狂歡氣氛擴散，似乎每一聲笑或者每一個無聊的笑話都另具意義，我們在大街上哼〈探晴雯〉，或是甩著裝螃蟹的塑膠袋邊走邊張望，我和 naga 心裡清楚，這是難得的乖張的機會，也許自此要一直這樣活下去，這也是生病給我們合法性，是向其抗議的最佳途徑。

至於真正的那個終點，誰管它。在這之前，我要抓緊時間騙人，這事我十八歲時很想做，卻苦於沒有機會，現在計畫得以實施，所以，繼續神遊九霄雲外吧。

當我爺爺去世時，我才五年級，被爸媽半夜拽起來，迷迷糊糊坐了長途車去鄉下，對葬禮的印象已非常淡，甚至連有沒有哭都記不得了，我的眼淚太少，常年積攢下來就變成某種硬質的東西，睡覺時會猛得硌在胸口，讓我難得安寧，它又像是塞子，只要砰一聲拔將出來，便有無數惡言惡語傾瀉而出。否則我也不曉得該如何處理。碰見 naga 以後，這個塞子鬆動了一些，我也就經常滑到難以自控的邊緣，不過在這之前，已有些跡象顯露出來。

夏天時，我得知再回鄉下已經沒必要搭破破爛爛的長途車了。我們可以坐火車，然後招私車直到老房子門口。我和草魚——（naga 啊，草魚是和我一起長大的同伴吶，你是我的好兄弟，你們都很重要，所以別要怪我又寫進一個角色）——我們坐了最早一班列車出發。鐵路上的快車越來越多，那些不夠快的火車被淘汰下來，變成短程的連接鄉野與城市的區間交通工具。我們穿過一些老式的臥鋪車廂找到位置，由於沒有好好打掃，汗味、廁所的臭味及鐵鏽味圍繞我們，打開窗戶也沒有用。此時正下雨，潮氣反倒加重了火車的氣息。我們的頭髮緊緊貼在額頭，脖子裡面全是汗，火車極慢，經常要停下一會兒讓快車先行通過，除了昏睡別無他法。

我耳裡塞著不知哪首聽了無數遍的背景音樂，草魚歪著頭靠在我肩膀上，我推開她，她便在車窗上磕磕碰碰，卻怎麼也醒不過來。坐在我們對面的年輕人一直在用方言打電話，可能就是我們的家鄉話，我八百年前就聽不懂了。這次出行非常慌亂，不知道草魚怎麼想的，她有時話很少。不過，那天當我趕完每日的論文進度走出圖書館時，她忽然講：

和我一起回家鄉吧。

我愣了好一會兒才想起來，我和她的家鄉是同一個，我們的父親是同鄉。

我沒有馬上回答，我被論文裡面的疾病裡困擾著，另一線是naga，還有一條線索，是草魚病重的奶奶。回到家鄉，其實是一場道別。由於暴躁的本性，我與很多人的道別都是瞬間發生的，哪怕表面不流露，暗地裡訣別也就是分分鐘的事。

但這次不一樣。

我心裡那個硬塊又在不規則跳動，我只得捏緊手掌，再放開，好像在調節心跳，不讓那些鹹水以任何形式流露出來，不聲不響和草魚走了幾分鐘，我終於開口道：

那就明天吧。

3，2

該如何好好述說一場回鄉之旅？

這實在不是一次悠閒的旅程，所有的雨絲與灰塵都圍著我們打轉，我們在風暴的中心，在夏季暴雨的無常中，一時間真不知道如何是好。我還沒想到道別的方式。

可我們總是在道別中，似乎一旦出發，便是在漸漸拉遠的距離之中揮手。以前我都是單獨做這件事，我閉上眼，向每一秒的移動致意。在 naga 還是意氣風發的黑胖子時，我並不認識他，他將來康復，我就得向病中的他說再見，也要向那個一起病著的，終於有機會瘋癲一次的自己說再見了。這場一廂情願又壞心眼的傾談總會有一個終點，是我目前還無法碰觸到的邊界。所以你們不要嫌棄我過於剖白自己，只因我從來都找不到辦法擺脫那些疑惑，沒法對它們說再見。似乎跑再快，它們仍是如影隨形，如慌亂旅程中的風景，每次都是相像的。

況且，我們覺得需要道別時，那往往不是最好的時機。而當我們自認為創造出道別的氛圍，真正的道別可能已經完成了。故而，死亡是最自然的場景。我一邊吃著 pizza 一邊和 naga 說，我要是真掛了，記得送果籃給我，我喜歡吃西瓜。naga 樂得和我插科打諢，我知他一定預想過自己的死，在他最害怕的時候，只不過作為男生不太好意思流露罷了，只見他張了張口，卻什麼都沒說。哈哈，我了解啦，其實他當時想講的是：

放屁，要掛也是我先掛，我才不會送你果籃，要送裡面也沒有西瓜。

和草魚一起坐在晃動的車廂，雨幕將十年來並沒什麼變化的鄉野遮住了，水線從玻璃上流淌下來，身旁是生機勃勃的喧鬧。我一時走神，想到寫論文，說到某人的一生有五年在病中，倘若這段時間沒發生什麼大事，或是並無證據證明其有何特別之處（準確說是沒有史料），時間便失去其意義，五年僅是一個數字。更有甚者，我們總見到被數行文字所概括的一生，幾句話末了，此人卒於某年，享年六十四歲云云。作為千刀殺的歷史學生，我常擅自縮短他人的壽命，六十四年化為一秒，五年疾病啊，那就一筆帶過吧。我們使用某種敘述偷竊別人的生命，相反，一旦想要印證觀點，則用同一種敘述亂寫生命。火車快到站，其後我發現，道別被延長，並非在敘述中，相反，是在真實的時間裡。

出了火車站，雨還是沒有停。我們做了一些沒意義的事，例如，在火車站的小賣部買了瓶裝酸梅湯，整理了書包裡送給奶奶的食物，出站茫然的找車。坐上車以後，發現一隻巨大的蜘蛛趴在座位上，我們不忍傷害牠，只得中途將牠放在一片灌木叢中。雨刷發出很大的聲音，草魚給她的一位本家打電話，讓他站在小路的路口等著。車裡放著廣播，主持人正在處理某日常糾紛。我們經過本地唯一的道觀，我想起幾年前，由於好奇，自己還進去走了一圈呢。放在早先時候，我可能會被這些零碎的，具有重複性的回憶打動，而當下呢，它們在道別的過程中無所指，是這樣嗎？

車在一條小路的路口擱下我們，左手邊有間冷清的藥房，再遠些，是兼賣水果的雜貨店與公車站。水果已發皺，使人無心購買，我們看了一眼便走開了，店主並不在意，仍坐在屋簷下面默不作聲。一條河與路平行，河堤上栽著芝麻、茄子、絲瓜、烏青菜。我們的故鄉與其他的鄉村並無區別，簡直連一絲鄉愁都沒法激起。本家正等著，見到我們之後，他便低頭在前面引路。我邊走邊看河水，水鄉的脈絡早已被汙染，河水混濁不堪，岸邊糾纏的水草之間漂浮著一些塑膠袋與垃圾。走了幾步有一個小型的廢品集中站，不久前有人點火焚燒垃圾，火被雨澆滅了，空氣裡仍飄著幾縷嗆人的黑煙。我和草魚一前一後，直到走到老屋前，並未交談。

幾分鐘的路程我什麼都沒想，彷彿只是集中精神行走而已，心裡平淡得很，甚至已經忘了我是來道別的。僅憑這點，我斷定自己不是好人。我只注意到，芝麻的花是白的，茄子已結了青色的果實，屋前的晚飯花沒有開。奶奶知道我們要來，準備了一些菜，等著草魚姑媽來做。有一瞬我居然異常想回家，這裡像是與我全然無關，我什麼都吃不下。屋子裡很亂，鄉音我不懂，草魚一直在說話，我卻雙耳轟鳴，不知自己是怎麼了。

我局促不安，草魚的奶奶一定記得那次我還小的時候在她家發著高燒，六點不到就醒了，大家都在沉睡，我偷偷下樓取了張小凳子坐在門口湖邊的水泥碼頭上，天沒全亮，只有奶奶在洗衣服。我緊緊閉著嘴，奶奶一直在淡淡霧氣與水聲中與我說著話，我沒一句聽得懂，只好沉默。那是我和她唯一一次單獨交流。她知道我是來向她道別的嗎？我找不到合適的語言對她言明目的，我覺得非常羞愧。

她掀起衣服給草魚看她腹部的惡性腫瘤似已經要穿透皮膚，在枯瘦的身軀上長成巨大的一團，不僅堵塞腸道，也疼痛難忍，止痛片的強度完全跟不上，一天吃十粒也不管用。我們則毫無頭緒的奔至路口的藥店試圖購買更大劑量的止痛片。茫然的雨讓我厭倦透了，雨水從我的頭髮之間流到脖子裡，我視線模糊不清，藥店實習生正在電腦上玩紙牌遊戲，也不抬頭就閒閒說：

止痛片是處方藥，不可以隨便買的。

再折回去時，奶奶正在灶前做甜的荷包蛋，她挑了兩個很大的鴨蛋，在油裡放糖，蛋滋滋作響，等盛到碗裡，蛋腥味和甜味混合一處，使得我無法一口氣吃完，最後半口硬吞下去，我低著頭，被嗆得說不出來，眼淚忍也忍不住。

他媽的，你以為止痛片就能止住疼嗎？

3，3

恐怖新聞年代過於久遠，故而失去其細節。我常常想起它，是由於疾病的不可預料，為什麼手上會出現一個黑點？為什麼當年無法控制病情？無法追溯，可能只有去翻查了電視台的錄像帶或是醫院的陳舊檔案才可以把這事拼湊出大概的樣貌，人們在時間流逝與事實殘酷的雙重推動下，徹底忘記它了。對比之下，明清時期出現的大量醫案在某種意義上倒是病人們的一件幸運事，不過呢，對我們來說，病情的反覆，使用的藥物，身體所遭受的痛苦這種最直接的紀錄，乃至疾病本身都變得沒意義，我們只想在這些紀錄裡發現心態與觀念，並非打算了解疾病本身。吶，真實目的如下：在一條病例紀錄上添油加醋，極盡能事，妄想以此描繪當事人的一生和他們的社會，這股認真勁好幾次感染我，使我對自己所作所為毫無懷疑，其實滿好笑的，對吧，naga？

舉個例子，我們忽視naga的名字（其實早就在做了），他的痛感，將他一切症狀，包括心理上的，都歸在腎功能不全這類詞條下面，寥寥幾筆記錄這一段。最後反過來還要說，我絕對可以編織他當時生活的實情？好像一個人可以別要朋友，別要親人，就靠疾病維持一口氣，從來是這麼孤單單活著的。每次想到這裡，我都忍不住一手攥一個大耳光，但實在不曉得丟到誰臉上，總不好給自己吧。

扯遠了。

道別比想像中的要長，但比預設中的要短。我無法說清一個黑點如何在時間中出現，延續，又消失的，就像同一種病卻造就無數不同個體，以及無數可能，我們不能一一區分。如果 naga 不出現，在此時壞天氣頻繁的春天，我應當是宅在房間裡蒙頭大睡，而非現在這樣，裝模作樣待在圖書館於電腦前敲敲打打，絲毫不把窗外的暴雨當回事，了解我的人都會嚇壞吧。當年 naga 也只是單純要把火腿託孤給我輩好吃之徒，哪裡能預料到我這一通胡說八道呢？我一轉頭，又變成混蛋一個，搭一班公車（車站就在那個破落的雜貨店旁邊），拉上草魚，從我們的故鄉回到城鎮，這次走的是高速公路，如此，早晨六點出發，不到下午四點又可回到我們居住的城市。我與草魚道別，一頭扎進圖書館，繼續寫我篡改史實的謊話論文。

之後的半個月中，我與我的童年至交見面數次，吃吃喝喝，似乎完全忘記我們曾一起回去的事。於是那個痛被我定義為「瞬間之痛」。就像——長了那麼大，身體總有點莫名的病，但去醫院檢查也查不出的，最多查到胃部，丟個小瓶子給你，喝口酸溜溜的藥水，再狂吹口氣，等半個小時，被告知：

幽門桿菌超標一千五百倍。

不可以迷戀路邊攤，目前整國上下食品衛生實在不堪，屢次刷新你我世界觀，再吃下去，保你上吐下瀉還算是幸運的。

你不死心，繼續追問：真的沒有什麼問題嗎？

醫生嚇唬你：你毛病多則多已，每個都不要命，但這幽門桿菌又可以解釋為心中鬱結過度，胃屬交感神經較為敏感，你想太多哦。

怎麼治？

要麼放輕鬆，要麼……

快一點的？

吶，我幫你開藥吧，這些是大劑量的抗生素，吃完一個月過來複查，記得要按時吃，早晨空腹，晚上飯後，每次一大把，否則全家都會幽門桿菌超標。（哈，這是威脅嗎？）

滿口答應。但你一回家就把藥丟一旁，三天過去一粒未動，好像花的不是你的錢。既然查不出大問題，你也就鬆口氣，痛嘛早就過去了，就像未曾存在過，連落淚都沒存在過，你就放任幽門桿菌以百倍濃度的速度繼續狂飆，否則還能再找什麼理由難受一下子？

既然沒事，那繼續聽我胡扯好了。

4，1

在敘述中，我顯得有點肆無忌憚，有時候我覺得參與了 naga 的疾病，而另外的一些時候，我自詡冷靜的旁觀者，真是毫無定性！如一個觀眾，執意要走到舞台上，卻弄得滿場大亂。還好對於 naga，我寫的鳥東西完全沒有參考性，他最信任的是兩週一次的身體檢查，漸漸，各項數據與身體的細微感受勉強可對應。而我呢，則在紛亂的時間中嘗試克制自己。他看不清楚的起始那一點位於病不病的邊界線上，就像白日與傍晚的邊界，你著實不曉得是哪一道光線使得黃昏降臨，當你發現時，陰影蔓延，世界翻轉，已是另一種時間的計量方式推動我們了。

naga 仔細閱讀血檢報告：媽的，血肌酐降到一百五就是正常人了哦！

那你現在是多少？透析前是多少？

剛認識你的時候是八百嘛，現在是，降到四百五。

就差三百了。

「但是，損害是不可逆的。一百五和四百五之間的差距代表了損害的確切值。」

那麼透析以後會變回一百五嗎？

naga 懶得回答我，掉轉頭，操作電腦播放山東相聲。我一聽這玩意就頭大如斗，喧喧鬧鬧不知在搞什麼，只好閉嘴。

似乎是我跳上舞台，硬要說些什麼，卻猛得發現只是進入迷宮的另外維度，雖然與 naga 是同樣的進口，然而，只是，我轉來轉去，根本碰不到他，去他的基友情誼，我們根本無法一起過關斬將。這時候，只能求助於更直觀，更沒有意義的交談。

喂，當你一個人在疾病中走得如此之深，你怕不怕？完畢。（偷一句托馬斯的詩。）

naga 說，只能硬著頭皮走唄，還好有你們陪我。（又來煽情了。）

全然是一個無法折回又無法終止的遊戲。

我又憤慨出聲，真ＴＭ⑥不公平。

十二歲，我參加在漆黑中走進竹林的遊戲。竹林在某個寺廟後面的山坡上，平日裡看不出有什麼特別，不過，好歹算是一景，不常有人，故而偶爾我會自西向東穿過它。多半是黃昏，竹林裡的光線斑駁不明，彷彿籠在一片茶色中，卻映襯得竹葉愈發綠，走著走著，就能聽見模糊的念經聲，搞不好也可能是招攬香客的〈大悲咒〉磁帶在循環播放，這裡的和尚懶死了。有個晚上，大家聊完天發現已至夜間十一點又二十五分，秋日晚風很大，颳來不知道哪兒的桂花香味，一夥人走出去，後山被整個兒套在一片黑暗裡，這天居然連月亮也沒有。我們聽見沙沙作響，知道是到竹林了。這時，竹林搖身一變，化作暈開的墨跡，我瞧了半天，卻只能分辨邊緣處的幾片竹葉。

你們敢在這竹林裡面走多遠？執事和尚點燃一枝菸，煙霧越過火光的範圍，隨即消失不見。

第一個嘗試的是我，我前幾年經常在竹林裡試驗自己的獨門武功（閉眼走，憑

⑥ＴＭ：網路用語，為「他媽」之漢語拼音縮寫（Ta Ma）。

直覺躲避竹竿）。

大家嘿嘿笑，瞧不見任一人的表情，只聽笑聲在四下各處響起。

和尚撲哧撲哧吸菸，迅速抽完一枝，又點上，火光讓他顯得有些恍惚。

你不想走了就回頭，看到香菸的紅點了嗎，我們就在這裡。

一頭扎進去，笑聲似乎還沒完全散去，遠遠近近的。這竹林完全變了副樣子，沉滯卻又縱深，開始還能聽見那夥人在說話，漸漸，這些全消失了。黑色壓在眼皮上面，無法睜眼，身旁似一直有某種呼吸。就連竹葉也都不見了，只剩時不時出現的阻隔，把無知的空間切成一塊一塊，我回過頭，隱約看到一個紅點，卻懷疑是時間異位造成的幻覺。

4、2

我回過頭，看見菸頭那忽明忽暗的紅點。山騰起煙霧，前方的黑暗更深，更不可預測，逼迫我快步走回去，一路跌跌撞撞，一直走到和尚面前。這群人還是嘻嘻哈哈，在夜風裡聊得不亦樂乎。遊戲並非他們所關心的，甚至，他們已忘記這遊戲，忘記我了。我爸也在場，當我走出來，他相當熟悉地（簡直根本沒用眼睛看）貼近我，手掌在我的後腦勺上撫了一把，繼續聊那些有的沒的。而我，終因這隻手掌，從山的陣仗中醒過來。

我時常忘記手邊還有一個故事，naga 忘了我在記錄。事實上，我想的是，那個起始的紅點在記憶裡的坐標。走回去，發現諸事保持原樣實在是萬幸。因為，一旦開始訴說，就不得不在敘述的黑暗中兜圈子，以為這般便能迴避最深切的，有關「開始」的問題。

就是這樣沒頭沒腦。naga 忘記他生病前的情形，是一場夢中夢，醒不來，也沒辦法再夢一次。像將腦袋埋到泳池中（我們小時候經常這麼比試閉氣時間，快要缺氧到悶死才抬頭），眼冒金星，雙耳癡鳴，只記得人聲光影在頭頂的藍色水面上浮動飄蕩。

我們在公園看天，這場景之前之後發生了什麼，不知道，不記得了。只是又過了一年，天氣轉暖，萬事 reset。naga 從未曾如此大剌剌躺下去，水氣重得很，初春的草地濕漉漉的，似乎只要放鬆，緊挨泥土，便能得以進到時空場景，補全身體與記憶？我也臥倒，臉貼上一片寬草葉，綠色濃重，放大，融入一滴搖顫的水珠，由光線折射的金色刀鋒邊緣滾動入眼。就是這樣的夢吧。

發現場景延伸的騙局是十二月之後了。恰逢結束租約，我收拾一堆垃圾搬去 naga 的 studio 蹭住。作為好基友，他當然不好拒絕我，而且，你有時候會發現，當處於既緊張（隨時會掛掉）又放鬆（反正可能會掛，有毛好在乎）的奇妙時刻，夜裡多一個無聊同伴陪你打打屁也還滿不錯。原先由於觀察距離而形成的界限率先消失，naga 的病情不好也不差，血肌酐下降一點，可即便這樣，他也不敢減少透析次數，只屢屢驚喜道：

喂，其實目前噓噓正常了哎。

但噓噓正常有什麼了不起，就是，噓噓而已啊，要慶祝也沒什麼道理啊，不尷不尬的。

這才發覺生活的唯一突破口是：噓噓？但……反正原先的邊界統統被推翻，那，重大轉變……無非是同個故事的中場幾分鐘，連換幕布也算不上。

沒有如釋重負的大口喘氣，也絕對無需將頭放入水中之前的那樣閉眼深呼吸，開篇結尾不用去想，媽的，我們就一直處於埋泳池的無聊比試中嘛？

那我還寫個鳥。

naga似乎也意識到這問題，他原本想要我寫出某種頑強的生命力（以及對現實的搞怪諷刺？）之後，將寫好的段落及時更新上部落格，如此種種，可混得大把為他傾倒的妹子（其實呢，開始時總歸有一些誒），不過，自從知道生活再無波浪，我就懶懶靠在椅子上，成天吃吃喝喝，再不動筆。這小鎮，每一入冬便異常寧靜，麵包店逢週一修整，肉店每週三打烊，諸多規則從未被打破。naga照舊臨近中午便受召於司機，「N生，五分鐘後下樓哦」，一三五透析happy hour，習以為常。

多數時候，人們找到出發點，便順理成章繼續下去，去——編造「應當發生」的情節，情節發生那一刻的動人心魄似也始終存於情理之內。而我與naga時時慨嘆，TMD，出發後由於恐懼而退回原點後，時間便凝固，那個出發點也凝固。凌晨時分，無事可做，大家只得將以前的傳奇經驗更傳奇化，打發時間。

naga撫摸著新長出的鞋刷鬍子，號稱自己二十年前乃為回鶻人，如同李白那樣，來到中土，卻苦於不會中文，只得夜夜與饢相伴，其實，說多了亦頗具信服力。他講：

吾的家鄉吐魯番，氣候乾燥，葡萄一日間變葡萄乾，甜瓜甜過白砂糖，倘若食用過多，喉嚨便極疼痛，故稱之為割喉甜瓜。我等民眾，尤喜食饢餅，是在特殊火爐中烤製而成，最大的可大過床鋪，此物極易保存。少時，吾輩常在河邊玩耍，逢腹中飢餓，便將乾燥饢餅拋入水中，須大力，瞄準上游，如此，饢餅順流而下，即已酥軟。

此番記憶深刻，正猶如饢餅的歷史久遠。於這夜裡細說與你，吾的好基友。皆是由於：時日漫漫，而往昔漫漶，實乃千里迢迢不歸路也。

5，1

真是忍不住想要把以前的囧事拿出來同 naga 分享，他對我的敘述進度徹底死心，再也不問我何時結束，我也實在不願繼續放肆觀察，只壞心說：「哎，你掛了就寫完啦，這種東西，目前哪會終結呢，有什麼好說的嘛，你可別怪我。」我猜 naga 一定想過這副鳥樣子到底要多久。

搬家時，我懶得將行軍床慢慢一路推行至 naga 的住處，只得帶上這四個輪子的怪物去趕公車（其實也就兩站路而已），時值夜間十時，眼見最後一班車駛過，我推著床發足狂奔。naga 忍不住丟給我特大號白眼一雙。因為路上行人都像見到鬼一樣受到驚嚇的結果，結果就是，床的某處關節斷裂，再也撐不起來了。媽的好無力！我十三歲時被老師逼著跑完一千五百米後也是這種死相，扶牆也不成，腿一軟跪倒在眾人面前，猥瑣極了，更別提 naga 透析之後了，我想，哪怕再過十年，我還是會記得他埋在床裡面，睡得黑白不分，臉上皮膚灰而皸裂，活像一個裝米的髒布袋。但時間的最大功用是：讓所有慘事變囧事，引人發笑耳。

乾脆丟掉行軍床，naga 表現基友的大度，他將多餘床墊移至暖氣片下面，主動當它是自己的新窩。可是，由於陌生的環境——他床上的大兵手辦，他胳膊裡的滴答聲，以及窗下大片陰影，我還是無法入眠。我總在計數，數十下就期待一次轉折，別讓時間就這麼清洗我們的慣常記憶，使每一個往昔皆落入荒誕不堪的假想。敘述又是更不負責的行為，它不能推動真實，卻始終影響記憶，以及，我們看向真實的目光，甚至為了敘述，連篡改名字、時間、思緒也變得可以被容忍。我又一次想，利用兄弟情誼只為了滿足篡改的私欲，真對不起睡在地上的 naga。而我，是不是也沒有誠實檢視自己？念頭接踵而來，在這樣一個最長的夜裡，疾病卻仍延展，與時間和敘述並行，甚至越過它們，直抵我眼前，naga 在夢中喟然長嘆，他睡得不安穩，不停翻動身體，黑臉在暗中顯得更黑了。此時的表情最可作參照，白天的欠扁蕩然無存，只剩現實爭鬥之後的靜止，未放鬆的靜止。

我閉眼，好似失重漂浮，耳邊是不知道哪裡傳來的夜間噪音，往往入夜才有這樣的聲音，螺旋狀，又遠又近的。這情形不多見，如同在一個極小的，高速飛離地球的太空艙裡。當我第一次有類似的感覺，還不知太空和太空艙為何物呢，而每一回都是同樣的問題——「掛掉」是怎樣的？

很難解釋，而且破壞歡暢的氛圍，如果真的糟糕了，naga 這傢伙恐怕連親手畫上句號的機會都沒有吧，像我這樣一個沒有用的狗屁朋友，也只好默默舉起手，不作抵抗。反正，哪怕疾病不發威，時間也在損耗我們，唯一的正經事是等待，在等待中時間消逝，而我們也在等待時間消逝。一刻沒到來，一刻就很遠。

老生常談罷了。

先不管場景與時間的弔詭，絕不能被二者的無聊逼瘋，再說，到了白天，就應當換個面貌！即使，作為一個無所事事的青年，你肯定有想不通的時候啦。幾年前，我首次踏上這片熱土，也就沒能睡著，床太小，我翻來覆去，盯著天花板，同樣發現在天地大變後還是一成不變，分秒似不曾移動，而且，那時我也從沒聽過有個丟釀大神呢，於是我做了三個錦囊放在窗台上，以期想無可想時揭開便能得到解救。

其實只是三罐由於沒有冰箱只能放在冬天窗台角落保鮮的yogurt，從一月到四月，我徹底忘記它們的存在。naga啊，你肯定不能想像揭開時驚悚的現場……所以千萬別尋根究柢，想不通拉倒，好啦，我知道你也沒在想。

我盤腿坐在床上，前後搖晃，看著naga在地上扭來扭去，號稱在做所謂「腹肌七十二變」中的幾個關鍵步驟，無良哈哈大笑，他乃是一個巨型大漢，無奈一直在虛胖，肚子很圓，顯得四肢短短。我語重心長向他描述當年的狀況，他也就哎嘿嘿聽著。

走投無路怎麼辦，而且我這樣沒有妹子愛我啊！

那你還練什麼鬼身材哦——

無望嘛，只好轉移一下咯。

也對，那年我撥開書桌上的雜物，鄭重把那錦囊放在面前，深吸一口氣，挑選了一只商標還未被雨水澆爛的，注視三秒鐘，一鼓作氣就揭開了，那錦囊「嘩」的先飄出片灰霧，我吹開這片霧氣……

你有沒有吃啊！

其實吃了。

……

呃，那後來呢？

後來也沒怎樣啊，吃起來粉粉的，就這樣啦。

5，2

畢竟要有真正消磨的方式。我們大大方方把多數時間交給睡眠，陰天時窗簾只拉一半，我與 naga 睡得像是再也不需要醒來。那些時光是一些晦暗的，如電視雪花般混沌的畫面。計時真是使人疲倦。等夜幕真正降臨，我們繼續睡，毫不理會人世正緩緩轉動，偶爾中途醒來，夜空透明，微微透著亮。這世界，反倒不必有任何言語、詞彙、聲音，唯有幾顆星，特別小，特別遠。

而另一些時間，則是用來步行。naga 悶頭向前走，我也不說話，寒氣撲面，鼻息形成的水蒸氣卻是活潑，與冬日的霧纏繞在一塊兒。公園離家四十分鐘腳程，上坡太多，天氣太冷，naga 體力不支，必須停一下，往往此時我也心跳過快。停頓中，路邊的植物在我們眼裡放大，樹葉的脈絡，枝幹的疤痕，乃至根部的碎泥，皆變為清晰又誇張的色塊。

我們只得繼續緊閉著嘴，以免某種熱呼呼的東西直接跳出來。

去公園是為了讓 naga 看一次奇幻景象。前年，也是這麼一個下午，沒冷到那種地步，卻也不暖，太陽在雲裡散發某種柔和的栗子黃的光暈，空氣中的雜質極少，萬物的界限清清楚楚，像是拿了墨筆又描了一遍似的。我獨自穿過公園，未曾遇見與我類似的散步者。從一片林子裡走出來時，眼前正是幾棵綠至發黑的雪松，一些枝椏極低，投射濃重的陰影，彷彿它們自身便可編造出傍晚時分暮色將至的光景。它們中有一棵尤其巨大的，正於風裡抖動著幾萬根針葉，我抬頭望，發現上方枝頭上，站滿了翠綠鸚鵡，突然，牠們發出一陣嘈雜的鳴叫，嘩啦啦全部飛走了。

不管說給誰聽，都被認定是在唬爛，就連我自己，也不曉得是不是錯把夢中景象當真了。可是，在這小鎮子上，從原先住所廚房的後窗裡，我真的瞄到過一兩隻急速飛走的綠鸚鵡。

naga 自然也不信，至少我們去過公園那麼多次，卻從來沒碰到類似的狀況，喜鵲與烏鴉倒是非常多。畢竟，鸚鵡這種鳥類不屬於我們居住的緯度呀。倒是自此，他不再全盤相信我的鬼扯，我始終在惡趣味的編造公園裡一些我也不認識的植物的名字，例如，硬把一種毛茸茸的，像一個長滿刺的皮球的植物稱為河豚花。

這玩意到底是什麼？

河豚花呀。

你別放屁了，我剛在 google 搜索，的確有種東西叫做河豚花，但根本不是你說的這個。

啊哈哈。

我完全沒有責任心的攤手大樂。

所以根本沒有綠鸚鵡對吧。

有哦，我真的看到了。

被寫下的，被敘述的，被命名的東西也未必靠得住，就像 insuffisance rénale 這一詞組，它始終是為了貼近身體快要掛掉的感覺而編造的一種新的疾病罷了。不必執著於此嘛，naga 你只要相信我們的友誼……（又在唬爛了。）

我告訴你哦。

說吧？

難得在步行時說話，此刻，我與 naga 就站在那棵好鬼巨大的松樹下面。

我很小的時候就會說很多的話了（可想而知），但我不識字，那時候我家還住在鄉村——讓我有多點時間說完吧——在老屋子不遠處住著一個遠房親戚，記不得名字了，年紀很大，我們都叫她六奶奶。

那個夏天，我照例去她家偷枇杷，要挑個烈日的正午過去，是因為那會兒所有人都被烤得精疲力竭，只能呼呼大睡，沒心思管我。我偷入她家門，很好，沒有其他小孩，六奶奶也沒坐在堂屋的屋簷下面盯著我等不軌之徒，我自她家牆角拿了耙土的耙子，猛擊屋後那枇杷樹，樹著實大，綠陰遮天，上面綴滿黃色飽滿的果實。一擊之下，枇杷落下許多來，我趕緊蹲著，也不怕髒，撿起來就吃，汁液滿手都是，甜極了，午間熱氣從四面包裹我。然而，就那片樹下，太陽照不到的地方，卻是隱隱從泥裡鑽出一股涼氣。忽然，蟬鳴停了，風也停了，我來不及吞下嘴裡的果實，心裡湧上一股莫名的悲哀，像有的小孩會被水裡自己的影子嚇到一樣。

然後呢？

我也顧不上撿起其他的枇杷，又從門縫裡溜掉了，不敢回頭，就是怕。

後來才知道那個正午的前幾日，老人家已經掛掉了。那門上赫然一張白紙，寫的乃是個「奠」字，就在那夜，夜晚特有的噪音向我襲來，攜帶我，進入又一個夢裡。

5，3

那麼就這麼寫下去，漫無目的？捏造或記錄都無妨。或從對於一個字，一個名詞，一種語氣的認識開始，讓每一秒充滿語彙？可大家都知道，時間這玩意不增不減，徒勞矣，當你以為抓到線索順勢走下去，往往僅抵達某個斷點。

莫名有一天，**naga** 就不再去想「死」這問題了，對他來說，這算好的結束，對我們則是不計其數斷點中的一個罷了，完全是不值一提的小事。除了身體的苦痛，在一些意義層面，疾病早已被消除掉一大半。

漸漸溫暖的春天夜晚，逐漸減輕時間之上的虛設負擔，連我也覺得應當把弄了一半的荒誕記敘丟一邊，假裝什麼都沒有發生過。我所屬的專業，很愛強調「身體」這種既成「事實」，乃至構造出形形色色的抽象身體，卻是為了闡釋更唬爛的「疾病」。我終於認識到這點，將論文草草終結。

迷糊之間，**naga** 在講電話，再一看時鐘，凌晨六點不到，聽他口吻凝重，大概是醫院有事找他。

現在我想問他：「還記得當時一起坐過救護車的病友嗎？」醫院為了節約成本，

往往一輛車拉上順路的一票人，浩浩蕩蕩，統一進發。接上機器後，比較熱絡的老油條多半取出透析特許食物（例如巧克力）拜託護士小姐挨個兒分發，大家統統忘記針尖正緩慢扎入手臂，皆陶醉於短短十幾秒如此這般甜滋滋的快樂中，一排人，躺在白擔架上，反倒像幼稚園午睡前的小朋友。

讓 naga 回憶的話，他一定會說：「忘記啦。」

醫院找他，是由於終於有了腎源。當年他高燒入院，昏迷不醒時，醫生早已將各項數字錄入，編號（或許會有個特別的號碼吧？）按年齡和身體狀況排隊。排隊是最殘酷的事，因為：一、不知這縹緲的宇宙中何人的身體一部分會與你有緣；二、等到八十歲，這人若仍尚未出現，您老的位置也不會在等待中變得靠前，機會要讓給更有生命活性的年輕機體。最後一條，大家始終保持默契，沒人打算主動提及——那就是——有得必有失，除非完全意義上的友情救助，大概，你得救則意味那個「有緣之人」已經掛掉了。

naga 的身體參數、電話，以及其他種種在「歐洲腎源庫」的 data base 裡面，大概類似我那個專為做論文而創建的資料夾中的某一欄：「唐代—與僧人相關的醫學知識—外來技術—眼科—白內障—唐詩中的史料—白居易（具體描述參照 XX 論文）」，諸如此類的吧，只要按照邏輯，便能搜到，但結局如何，誰理會？

錄入後，一年有餘，naga 時時取出腎源庫卡片，炫耀說：

「這是我第一張，但又最直白的名片。」一邊還扇一扇，之後才嘿嘿笑著將它放進錢包的夾層裡面，只此一張，絕不派送，長期暗號，但求有緣人。

其實還有一張啦，上書緊急求助電話以及主治醫生的聯絡方式。呃，還有一張，留下好基友，也就是吾的手機號碼，僅供參考。

除了這些，naga 何許人也？不知道！

六點，naga 接到電話，在床墊上搖搖晃晃站不穩，我沒睡醒，沒有精力像以往那樣「嘿」一聲跳過去，一邊猛踩床墊，一邊朗誦「大海波濤在晃動」，換得一張他的臭臉。

掛電話又過了片刻，naga 對我講，喂，有可以換的腎了哎。

哇，這麼早的電話，肯定是另外一個個體在夜間出了什麼事吧，在這瞬間，我心裡湧現出一些無謂的感傷，外面的天色還暗，這個小鎮並未完全醒來。

現在要去醫院？

嗯，保鮮問題。

之後呢？

可能要手術了吧。

忽然想起，小時候和我爸去菜場，人家會推薦說：「這魚剛死，你看，腮那邊仍紅豔豔，和現殺的有什麼分別，今晚蒸了肉還是活的，眼睛仍會突出，可價格便宜一半呢。」

這一走神，**naga** 已經穿得亂七八糟快要出門。

要不要帶幾件衣服？我壓抑下某種奇怪的，毫無頭緒的胸悶感。

又不是坐牢啦。

也對。

那麼，按照習慣，我就不送你去醫院了。

naga 已在門外，但他又推門探入腦袋：「草，你什麼時候打算送過！」

5，4

還有更嚇人的景象。倘若你經常去黃昏時的菜市，便會對此習以為常了吧。可我仍沒辦法習慣，茶色混著紅色的光線中，小販加快宰殺速度，大魚的腦袋被剁下來，卻不知哪一根神經尤其堅強，使得魚尾猶在擺動，魚嘴仍一張一合，各自於兩個塑膠袋中掙扎不休。我坐在我爸自行車後座上，在將斷未斷的生命時間裡，忽快忽慢穿行。

——以致，之後，每次走到廟前，我都會忍不住瞄一眼放生池求得安慰，偶爾陽光好，便能見到有魚脊的隱現在水面一瞬而過，或是烏龜集體放風，伸長腦袋，一動不動曬太陽。放生池連著廟後的水潭，春夏之交的下午，恰逢周圍無人，甚至會有一條悠閒的自菜市逃脫的鱔魚，昂著頭，繞游於水潭的邊緣。

再轉頭，看向寺外的熱鬧人群，由於山中愜意，紛紛坐在搭好的茶棚下面飲茶閒聊，無知無覺便消磨掉一個下午。我也有幸混入他們，雙腳搭住另張藤椅，午後的熱力被枝葉阻了大半，只剩下恰到好處的那一部分，漫遊浮走，自上到下將我熏得微微出汗，嗡嗡講話聲，紙牌落桌面的劈啪聲，續茶時熱水先急後緩的流動聲，掰開石榴果皮微小的爆裂聲，形形色色，擁擁攘攘匯聚進頭顱，反倒讓人暫且忘記慌張可怖的一切了。

當然，我還不著急告訴 naga 飲茶到爽時，我看到了什麼，他自然也不會和我說手術中的細微感覺，其實他什麼都不知道，全身麻醉時連記憶都丟了，不過大夢一場後，發覺自己搖身一變，化為蜘蛛人。

渾身上下插滿管子，管子都不曉得連在哪裡。

可能連到另一個時空去了吧。

有一條連到床下的尿盆哎。

我們仍舊嘻嘻哈哈，我破例陪他抽了一斗菸，他盯著我足足半分鐘，我們同時哈哈大笑，白煙從鼻子、嘴巴和眼睛裡噴出來，散得房間裡面到處都是，我學德國人的手勢，用左手食指勾住菸斗，又學naga緩緩的，深吸一口，火焰嘶嘶作響，狗屎一樣的味道。

他卻由衷感嘆：有基友陪著吸菸，真是一種怪怪的，又非常奇妙的感覺。

你之前是有多孤單啊。

無聊到又一次忘記時間？

醫生幫他把別人的腎裝進身體靠近左下腹的位置，如果真的要給他起個新外號，大概應該叫做三腎道人。至於這種狀態可以支持多久，仍舊是，只有鬼才會知道。新腎與他配合默契，他倒也不會夢見其原主人的前世種種，閒閒繼續黑胖子的生涯。

我自然不敢和他講，那天他入院，作為基友，我接了醫生的電話，對方用異常專業的語言向我解釋有一種新藥可以抑制排斥？加強活性？（反正我沒聽得太明白）問我是否同意病人一試。我相當不負責的滿口答應。才做完這種爛事，naga 也打給我。

你怕不怕？

媽的，馬上就要進手術室哎，我怕不怕很重要嗎？講點鼓舞人心的吧。

這……回來就可以吃火腿了。

我躺在藤椅上面，頭頂是夏秋交際時那種很特別的陽光，好像一切都浸於濃郁的、美好的道別氣氛中，閒來無事，我也像周圍人一般，買了一顆碩大的石榴，剝出把淺紅種子，一次性放入口中，又噗噗把子兒吐到地上，再喝半杯熱茶，好不快活。這時，不遠處的栗子樹下面有人席地而坐，似乎是不知從哪兒來的閒僧，好多人於好奇驅使之下，圍過去聽他到底講什麼。

這個傢伙穿了一身髒兮兮的黃袍，頭髮一顆一顆，像是頂了一堆螺螄，倒是面龐寬闊明亮，神色自若。我又抓了把瓜子，也上前去，邊嗑瓜子邊聽他演說。

「此處也算得既有精舍又有花園，大善。」

眾人紛紛講，別賣關子，騙錢也要敬業嘛。

接下一篇宏論……卻沒人聽得明白。

於是，八千老百姓閒漢齊齊出聲譴責：搞什麼鬼！

而遠處又傳來隱約音樂——接地接地菠蘿接地……

人群四散，該打牌打牌，該嘮嗑嘮嗑。

此時，倒是有個大漢走來，他咬著饢餅道：

這位基友，你說，哪裡才是世界的邊界？

螺螄頭以極慢的速度抬頭，答非所問：

這問題嘛，以前有個叫赤馬的傢伙也問過我啊，他長得可帥了……

廢話少講。

我嗑瓜子嗑到嘴巴有點渴，跑回去喝口茶，晃回來時，兩人卻仍在纏夾不清。

這位赤馬小哥說，他唯一的特長是走路很快，有多快呢？你看那邊，比陽光穿過那邊的竹林還快，比你們心裡面的秒針走動的速度還快，比你身邊閒人嗑瓜子的速度還快……

囧。

他很想走到這世界的邊界，便忽視時間，穿過最長的黑夜，最長的白天，最長的分秒，太怕耽擱，他甚至不睡覺，不吃飯，也不上廁所，可他走著走著就掛掉了，連邊界的影子也沒見到。

咬鑲大漢嘖一聲。

我遂告訴他，吶，你沒戲的。不如，現在更讓我以一尋之身，說於世界，世界集，世界滅，世界滅道跡！

我和那大漢皆感覺眼前這位是有夠神經病，說話似通非通且少邏輯，鐵定是騙錢的，搞不好，講著講著就會從身上掏出個假古董開始兜售了。我們不想再聽下去，故而對視一眼，一齊扭頭，各向東西火速閃人。

走了幾步，聽那螺螄頭還兀自念叨不休，倒也是一句警世名言。

死也走不到的那種路上，總有好基友哦。

對吧，naga？

朝天宮

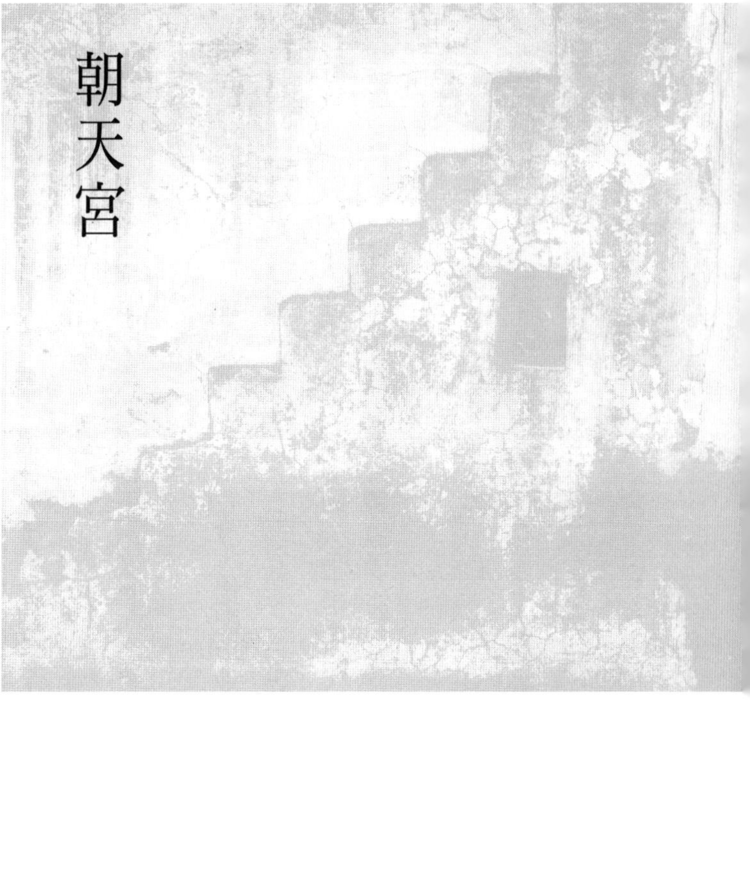

小F坐在櫺星門下面等人，身邊的石頭滑梯上是小朋友們蹭得光亮亮的兩道屁股印。秋天週末的傍晚，穿過兩個牌坊的人不多，不像平日裡，過路的各色人等慌慌張張在紅柵欄邊上下車（那裡立了一個牌子，上曰文武百官到此下馬云云），過了柵欄，重新騎一小段，小摩托、自行車、三輪車、板車互相磕磕碰碰的，接著到了前面第二個牌坊處，大家又得下一次車，車後座的小孩便有機會再回頭張望幾眼澆糖稀的攤子。

兩個牌坊上分別寫著：道貫古今，德配天地。小F覺得前一個很好，這條道確實有了好幾百年，後一個嘛，據說曾經朝天宮是諸位官員學習朝見天子禮儀的地方，也說得通。小F就盯著稀稀疏疏的幾個過路人，眼睛被不遠處的萬仞牆映得發紅。一陣風吹過，鳳楊樹上飄下幾片黃葉子。連練字的劉大年也收拾收拾東西打算回家了。

劉大年是眾多書法愛好者中的一員，在家裡練字覺得悶得慌，沒人指導，沒人欣賞叫好，整天對著幾個拓本寫啊寫，一日老婆站身邊瞧著，他心中得意著呢，畢竟婦道人家什麼也不懂，讓他多了幾分優越感，結果把一帖傅山寫得花裡胡哨，心下惱火。沒想到黃臉婆來了一句：

「寫寫寫，你啊要吃飯啦？」（就是南京話裡的「你要不要吃飯了」的意思。）

劉大年每講到這裡都好像心裡有種莫名的憋屈，他憤憤說：「老子聽了，屌心都涼了，還寫什麼！」

於是乾脆拖了一個紅色小塑膠桶，在朝天宮公廁了接了水，拿著個馬桶刷子站在兩個牌坊中間練字，每個週末，只要無風無雨，按時報到。小F見他次數多了，也會上去搭個話打個招呼。

「又來了啊。」

「你也挺早的，小孩子要長高得多睡。」

「坐坐嘛。」

劉大年是喜歡有人誇的，如果有人同他講：「喲，大年，你再寫寫就可以去隔壁榮寶齋分店買最好的熟宣灑金粉啦，不浪費的。」他就會微微笑下，然後裝作高深的樣子說，我就喜歡寫個紅星出的半生半熟。

當然也有煞風景的。「寫楷書還是要寫褚遂良。」

他則會答：「放你媽的屁，你以為老子連這個都不懂？你讓老子拿一把只能刷出中鋒的馬桶刷寫個屌！」

不過他對小Ｆ倒是一向有禮貌，表現出十足文化人的樣子，經常遞了刷子，攛掇小Ｆ。

「寫兩個。」

小Ｆ也不客氣，每次都橫平豎直畫幾個大字，要麼是「若有想，若無想，若非有想非無想」，要麼是「何為其然也」，還有「國破山河在」。劉大年每次都說好話，一邊說一邊搓手，真心誠意：「小姑娘氣勢是好的。」

小Ｆ心裡想，「老子寫得不好的字都在下一句，比如烏、春……」

＊

劉大年收拾好東西，向小Ｆ擺擺手，就緩緩向紅柵欄那裡搖過去。到這個點回家，剛好可以吃晚飯。本來劉大年老婆頗有意見，覺得他週末也不陪陪孩子真說不過去，但旁人對她說：「嫂子，我梗直和你講一句，你家這位還是很恩正①的，他要每天都吃好飯去朝天宮跳個交誼舞，乖，那就來斯②了。」劉大年老婆想想，也頗有道理，作罷作罷。

小F在朝天宮等馬叔叔，眼見劉大年的身影不見，馬叔叔不知從哪個角落裡閃出來了。他一邊快步走來一邊抱拳道歉，「久等久等。」這時候天色都暗了，旁邊的崑劇院裡面也唱起來了。崑劇院原先是江寧府學，進去就有個種著石榴樹的小天井，夏日裡蚊子頗多，小F那會兒遠沒現在熱鬧，劉大年去聽過，馬叔叔也請小F聽過，三人都被唱得昏沉沉不願再提，哪像現在，都是花花綠綠一群不著四六的年輕人過去湊熱鬧。

這樣一來，倒是涇渭分明，聽戲吃茶下棋的在崑劇院門口擺好桌子板凳悠然過一日，而練字磕嘴皮子賣古董的，都在這兩道牌坊之間。馬叔叔就是個賣古董的，更確切的說，他是個鏟地皮③的。江蘇境內，還沒有他沒跑過的鄉下。從八〇年代末，他老馬就跟著郊縣的黑中巴四處亂轉，混熟了，人家能讓他那輛破舊二八大槓也有

---

① 恩正：南京話，說人正直可靠。
② 來斯：南京話，厲害的意思。
③ 鏟地皮：中國古玩界的行話，指專跑農村收貨轉賣、活躍於社會底層的文物販子。

個座位。

那馬叔叔怎麼還沒發財？據認識他的人說，這傢伙存了不少錢，就是面上看不出來，整天還是穿著那件灰色印著暗花的地攤夢特嬌，套個皺巴巴的西裝褲，腳踩一雙髒兮兮的黑皮鞋，一提褲腳，嘿嘿，一雙洗黃了的白絲襪。胳肢窩裡夾了一個公事包，每天鬼鬼祟祟的。包裡都是用報紙包得嚴嚴實實的唐代玉舞人、戰國璧、良渚玉琮。按他自己的話說，「那些都是晃眼睛的，你見過玉舞人開歌舞團唱崑曲的嗎，不可能呀，十年見一次獨舞就不得了了！」說著嘩的扯開一個報紙，對小F講：

「滾你X，你看這河南工還噁心啊，手臂舞得僵硬得和筷子一樣。」

每到這時，他就會說說當年看到真品時的激動，「眼睛都直了，博物館都沒它好，好幾萬賣給台灣人啦，東西留不住。」說罷，惋惜的搖搖頭。

小F相信馬叔叔和她說的都是真話。老馬逢人便說小F對他有恩，是個緣分。由頭是某個週末，小F又坐在櫺星門下放空，老馬帶著孩子匆匆路過，那孩子不知怎麼的，突然驚了風，倒地抽搐不止，小F立刻下腳去看熱鬧，眼看小孩臉色發紫，眾人叫救護車的叫救護車，支招的支招，小F懷裡揣著古玩販子給爸爸帶的翁同龢藏墨，忙到榮寶齋借了方硯，用劉大年紅桶裡的廁所水化開了，捏著小孩的下巴灌了幾口，沒想真的漸漸緩過氣來，吐了幾口黃水，醒了。眾人驚，小F也覺得險得很，以前墨做得好，裡面混的那沉香、鹿血、麝香、朱砂不都是去惡風的麼。

只不過那條翁氏藏煙算是開過了。老馬拍了胸脯說再找一個一樣的，小F只是用衣服下襬擦了擦，又對著光瞅了瞅，說，沒事沒事，我爸發現不了的。

*

馬叔叔請小F吃紅柵欄邊的攤子，秋風起，賣涼粉的小陳改賣起餛飩來了。不過他還是涼粉做得最好，天氣熱時吃綠豆涼粉就圖個清爽，小陳心細，刮涼粉的篾子眼鑽得大小合適，輕輕往凝好的粉上蹭一蹭，粗細均勻。芝麻油是買隔壁街梁記老闆親手晃出來的，醋也是絲毫不摻水的鎮江米醋，榨菜老家醃製好了自己切，一粒粒鮮脆可口，就連辣椒也分剁辣椒和辣椒油兩種，蒜泥切得極細，挨個給你擱在小碗裡，糖鹽蝦皮小魚乾自取。小陳還買通了附近的管事，從路燈上引下根線，專門接了搖頭小風扇，涼粉塊用白紗布蓋著，時不時淋點水，從坐下來到吃完，保證你覺得乾乾淨淨，舒舒服服。

這會兒小陳把桌子都擺好了，水也燒上了，拉了電燈，水氣撲撲向上冒，燈光下一清二楚。小Ｆ在長條板凳上移來移去，馬叔叔掏出些花片鑲件什麼的一樣樣指給她看。哪個是和闐料，那個是白岫玉，這個容易分辨的。花片仿製少，給小Ｆ這樣的初學者當作標本最好。東西雖小，但工卻絲毫不含糊。

老馬說：「你看好了，這裡是拉絲工。」

小Ｆ仔細瞧，看出那像個小樓梯，一層層的角度凌厲。老馬往餛飩湯裡擱了點白胡椒，拿小勺子晃晃，一口吸進去（湯是拿大骨熬的），繼續掏出個連珠扔給她：「用手摸摸看面上，扎得很吧。」

小Ｆ不禁頻頻點頭，連珠裡面刻了合和二仙，這兩人哪兒都出現，不僅僅是花片、帽正、瓦子、牌子，全都有。有時候刻不下了，就用個半開的圓盒代替之（取音）。她把玉捏在手上，按了按，確實有刮到指頭的感覺。

「操，你說這古代人做東西真精細，哪像現在，都軟趴趴的。從前哪，連鳥籠環都做成絞絲的。」

小Ｆ之後倒真是從他手上看到一個明代絞絲環，生坑灰皮。小Ｆ拿在手裡摸啊摸。

馬叔叔一聲大喝，「再摸灰皮都沒了！」

小Ｆ嚇得趕緊把東西放回去了。

兩人吃完餛飩，又要了一個炸蘿蔔絲餅，一個五香蛋，吃得渾身熱呼呼的。這時候小Ｆ趕緊掏出零錢。

「你還是看不起我啊！」馬叔叔打了一個嗝兒。

小Ｆ嘿嘿笑，就把零錢又放回口袋裡去了。

這小陳也笑起來了，他講：「你們看起來，還真像師徒。」

＊

有時候馬叔叔會帶上和他並不熟的小莊。小莊是一個白臉書生，在小陳的攤子上剝個茶葉蛋也是副慢吞吞的斯文樣子。像老馬這樣四處遊蕩的古玩販子，總會有幾個怪朋友，完全不透露一絲底細的，經年也不現身幾次。小莊不怎麼開口，但馬叔叔在他面前總帶幾分恭敬。按他自己的話說就是：「我們野狐禪比不上家學淵源。」其實小莊到底做什麼，馬叔叔也不大曉得，只是看他不過二十多，眼睛倒厲害得很，不是家學很難解釋得通。

他們說話時，小F就在旁邊聽著。天像塊抖動著的黑布落下來，這時候，我們才能看到朝天宮紅牆邊的另外一個市集。

不知道打哪兒來的一夥人，穿著灰撲撲的褲子和舊棉襖，擺開攤子賣八百年前的缺頁武俠小說、舊收音機、電視配件、遙控器、廉價電池、按下按鈕就會閃閃亮的塑膠玩具、烏拉哨子，雜七雜八缺人問津。不過他們像以此為樂似的，不僅僅是出售，相互間也交換交換。攤子們被籠在一片黑裡，透過小陳這兒被蒸氣覆蓋的一點亮光瞧他們的臉，也是模模糊糊，偶爾幾個側面，卻是平和神色，彷彿他們只是一天工作結束了，吃完晚飯到廣場坐坐的普通人。

馬叔叔和小莊都認得這樣的人，連看都不用看。他們也和這些人一起住過小旅館，不是乾淨整潔的賓館二人間，而是躲藏在老城區居民樓之中的簡易旅社，四五個人一間房，房間是用薄木板子隔開的，床上的席子早被汗水浸出一層厚厚的包漿，到了冬天上面再加一層棉絮，如果睡前有幸吃到一碗巷子口賣的熱騰騰的羊肉麵，入夢倒也不算艱難。那裡總是盤旋著頭油，腳氣和洗澡堂子的混合味，渡夜資費五至十元。

所以馬叔叔說，小莊跑來跑去，還能把自己收拾得那麼體面，真不容易。小莊的頭髮總是不長不短，有幾絲額髮掉下來，讓他顯得有點憂愁，衣服袖子一向乾淨，外套裡露出個藍襯衫的領子，這樣一比對，馬叔叔看看自己，就有點不好意思了。

不過還有別的傳言說，小莊好賭，把家裡傳下來的東西輸完了，沒別的本事，只好再出來憑眼睛吃飯。老馬不信，他覺得小莊是個規矩的年輕人，「就和小Ｆ你一樣，都是讀書人。」

上中學的小Ｆ覺得自己完全不是讀書人。不似小莊還寫文章，包裡總有一疊文稿什麼的，見到有大學老師逛朝天宮，也不覺尷尬，上前拜託人家讀一讀。給不出意見也不要緊，他只是笑笑，又把稿子收回去了。

朝天宮的油子老闆們都說小莊嚴謹來著。就連他難得一次喝醉酒也只當著不熟的老馬與小Ｆ的面，也是這時候，天要黑不黑，要冷不冷的，他把小陳餛飩端到個拐角處坐下，就著一碗餛飩喝完一瓶瀘州老窖。這酒算難得，是老馬從原先廠子的庫房裡弄到的八〇年代老瓶，做出來放了二十年，其實揮發得只剩半瓶，已是澄淨微黃的液體，最後幾滴在小陳仰脖子往嘴裡倒的時候，緊緊抓著瓶壁不肯流出來。

以後小F喝酒時，就也總看看酒是不是抓壁，以此來判斷是否好酒。

小莊喝完，明顯醉了，可仍然很斯文，他把餛飩碗放在幾百年前就這麼鋪著的朝天宮青磚地上滾來滾去。老馬有點愁苦，總想弄碗酸辣湯給他解解，而小F望向這個世界，憋住沒歎出來的那口氣從鼻子裡漏出來了，哧一聲滿滑稽。

老馬忍不住還是講：小孩子嘆什麼鳥氣。小莊抿嘴笑了笑，眼睛對著瓶口，像拿著槍瞄準似的哼了一句：「少年不得志也。」

*

王二毛是油子老闆中和小F玩得最好的一個。如果你只聽他的名字，會以為他是一個乾瘦的小混混，事實上，他也算生得濃眉大眼，五大三粗，不過，少了幾分南京大蘿蔔的憨直，總有點精明的意思從眼色和口音裡飄出來，噢，他是上海人來著。小F兜裡沒錢，每次找他多半站在玻璃櫃檯前閒扯，那時候二毛店裡有些好東西，老馬也是他的供貨人之一。紫檀的大筆筒、明代造像、漢磚硯、康熙青花香爐、年紀不大卻是冰種飄藍花的鐲子都不算希奇，小F曾見他過手金佛塔，打開暗格，一串東埔寨沉香的繩子已經爛得差不多，珠子嗟嗟嗟在櫃檯上滾來滾去，再摸一摸，是個鑲了七寶的盒子，裡面裝著不知哪位高僧大德的舍利子。東西多，日子就過得滋潤，二毛買了張櫸木的長椅，小F站著，他躺著，手捧著冰鮮的白茶，加了顆綠橄欖，說這麼喝最是養人。

店門口貼了兩張紅紙，左邊那張寫「敬請指教」，右邊的倒是囂張，「打眼之責自負」。

二毛閒來無事，在他淘換來的民國豆綠瓷盆裡養了棵白菜，冬天裡看得也清爽，等白菜葉子蔫了，他又在梗子那兒掏了幾個洞，種上幾頭蒜，不久就抽出芽來，把盆子往店前的屋簷上一掛，惹得隔壁的繡眼唧唧直叫。小F覺得這種弄法滿新奇，二毛拜託她寫副聯子：

「閒來偏不種胡麻，卻偷廚房三分雅。」

小F這才知道二毛其實是不識字的，只是這種歪句子一捉一大把。小F字寫得方，但裡面的結構也是鬆鬆散散，歪字配歪句，相得益彰。

週末的下午，他們多半就在這盆假水仙下面聊天打牌的。

坊間都傳二毛坑朋友，東西對的，價格卻高，東西不對，也照樣出手。話是這麼說沒錯，大家卻仍和他關係不錯，只因他始終一張笑臉，說話逗趣惹人開心，真要講南京話也能十分道地。錢是要賺的。不過呢，假如你啥都不買，他也不會勢利，只要進了他的店，大家都是朋友，開個保險櫃給你看看精品，一切好說好說。小F到了，就央著他把所有好玩的小東西都拿出來給她摸一遍，再一個個擺回去，他也絕不擺架子不耐煩。

這樣殷勤的人現在不多見了。

*

這天，王二毛收到一根紅木管，小F瞧得有趣，洗乾淨後試著吹了吹，送氣不到位，就是吹不響。王二毛仍窩在他那椅子上，半瞇著眼，拍著腿說：「等開春我也弄隻畫眉掛掛，平常時間裡也不會閒得慌。」

冬天裡難得的晴天，外面擺地攤的不是聚一起在太陽下面打牌，就是吃著茶閒聊。真正淘東西的一早就來過了，到了下午，只剩下幾個散客，臉熟而已，一般進了店，點點頭，四下梭巡一番，就又繞出去了。

二毛放了盤唱經的磁帶，又拿出他在老白那兒友情價買來的藥香，點燃供在一尊鎦金觀音前面，一邊還拜拜，嘴裡念念有詞，「我們這些弄古董的，就是和死人搶東西，大天光的突然心慌，不拜說不過去。」說著拉小F過來，一起對著佛像作了幾個揖，才又慢吞吞躺回去，好像已經老胳膊老腿似的，唉唉直嘆。

剛躺下，老馬帶著小莊進來了。老馬還夾著他的破公事包，小莊穿著件藍襖子，臉色有點蒼白。一進門，老馬就說：

「今天給你看個好東西。」

說著從包裡掏出一塊方形事物，仍用報紙裹得嚴實極了，上頭還綁了兩根皮筋。小F不禁怦怦心跳，屏住呼吸就等揭開謎底。藥香的煙幕起來了，大家被老馬這麼一弄，都有點嚴肅。拆開一看，是一方老舊青磚，二毛托在手上瞧了又瞧，這磚微微彎起有點弧度。半晌，二毛嗓子眼「嗡」了一聲，道了一句：

「不錯。」

小莊在後面補充說：「這是一方唐磚。」

二毛帶了點微笑，把它湊到眼前看，講：「對！」

隨即又翻了個面，驚訝道：「喲，上面還刻了字。」

四個字在這磚上不大不小，不擁不擠，再好不過了。字刻得不錯，盡量保留了原有的筆鋒（帖子和碑刻有很大不同），筆畫裡還描了淡淡的銀粉，把青綠色的磚頭映得生動起來，二毛愣了一會兒，突然說：「這幾個字我認得的，不是弘一法師的悲欣交集嗎？只不過又不像那一幅。」

說話間，劉大年也來了，一進門就大聲嚷嚷著：「給我看一眼給我看一眼。」三人都覺得這是弘一的字，但不是最後絕筆的那一張。老馬指著小莊說：「東西是他的，你們問他。」

小莊不願多說，只道和尚去世前腦裡一直思索著幾個字來著，眼看身子快要支撐不住，回想過往，心裡不知什麼滋味，大概是仍未解脫，頓悟已不太可能。和尚想到自從脫離塵世，倒是抄了不少佛言精句，身外一切絢爛莫不過毒箭毒藥，落筆時，卻仍念著筆力要到，要圓潤，要樸拙這些書寫之道，可是法應當捨，何況非法，是還沒想通吧。不過，到了這會兒，寫這四字時腦裡倒像抓住什麼似的，可惜念頭轉瞬即逝了，不喜不悲那是騙人的，只有寫這四字是真的，對，不就是個悲欣交集麼？他在廢紙上寫，平時對著空氣寫，在水波裡寫，在鏡子的蒸氣上寫，最後一刻，仍在寫。

最後一張那是氣力用盡了。那之前的呢？小莊說：「他不只是寫了一張。」

「這字是誰刻的？」

「我。」

「磚頭哪兒來的？」

「我家堂屋正中的壓地磚。」

「那你的那張呢？」

「刻的時候什麼都忘了，也沒描，紙爛了。」

「都在想什麼？」小Ｆ問。

「不就是悲欣交集麼。」

＊

轉眼過了大年夜，初五那天，小雪，空氣裡有股摻了灰的冷味兒。小Ｆ早晨十點轉到朝天宮，徑直奔向王二毛的店。兩道門間密密疊疊是各地人等擺的攤子，每逢過年便這樣，大概已經成了傳統。小F覺得自己骨頭裡都快長冰凌了，待到掀開二毛門口的厚布帘子，蹲到暖氣燈前烤了好一會兒才回過神來。這時二毛開口打了個哈哈：

「一大早迎個小財神倒也不壞。」

小F說了幾句吉利話，就坐定在櫃檯一角，喝茉莉花茶，拈著雲片糕花生糖餓子紅棗一頓猛吃。快到十一點時，果然陸陸續續來人了。先是老馬和小莊，小莊肩膀上黏了不知道從哪兒飄來的紅色鞭炮碎片，老馬看起來精神多了，大概是年前理了頭髮把耳朵露出來的緣故，不過乍一看，髮型和小F的差不多。小F耳朵大，被冷風吹得通紅，卻仍招展著，老馬瞧著有趣，上去扯了一把。

二毛若有所思，突然講：「你們倆不會是碰到李推子了吧。」

李推子也是經常跑朝天宮的人物，那是好久之前的事了，那會兒小F還不在呢。他迷上的是瓷器，和其他人一樣，老老實實從瓷片開始琢磨，一麻袋一麻袋往家拖，完了全部倒在乾河沿平房的堂屋地上，片片用水淘洗乾淨，天曉得這些碎瓷片是從哪兒來的，不過李推子相信，雖說這天地那麼大，瓷器那麼多，但它們燒出來時便是完整的一件，哪怕打碎了也自有那一套存在，無論怎麼樣，總還是能拼湊起個「完全」的。所以，時日一長，他眼睛沒變得多準，黏碎片倒成了一把好手。

直到有天，在千萬個瓷片中，他看到了一點微微發藍的青色。至於這是什麼顏色，小F聽這夥人吹得上天入地時從來都想像不出，青花罐子多了，隔壁繡眼籠子裡卡著的鳥食盆還是青花的呢。這顏色從來不屬於我們，離太遠了，小F想，大概最接近的色調便是她剛學會騎腳踏車時，在週六上午一口氣從城西騎到城東四方城，抬頭望天所看到的天色了。

李推子便是被色彩所困，變得迷迷登登的。拿著那半片瓷器跑來找二毛。二毛瞅一眼，白瓷上趴著蟲鬚長短的線條，又用手指彈了彈，聽了聽聲音，連連搖頭說：

「不好說不好說，線索太少了。」

可李推子眼睛緊緊盯著他，只是講：

「我見過的瓷片很多，就它不一樣。」

二毛嘆口氣，勸他：

「是在你家裡黃燈泡下看的吧，你走出店門，到大太陽下面瞧瞧，搞不好就和其他的都一樣了。」

「看過了。」

就算是，又如何呢？鬼知道瓷器碎成多少片了，其他的部分流落到哪兒去了。小Ｆ一想也對，遂頷首同意。不過大家說歸這麼說，李推子就不這麼想了。

就在附近了。

他可以肯定。為什麼這顏色就給他發現了呢？這也算緣分。好像在溟溟大水中找到最熟悉的那一滴。好像祕密接頭的暗號。於是他自信滿滿回二毛：

就算這朝天宮埋到地底，碎成一灘遺址，他也能一塊塊磚拼起來。何況一個瓷器？

李推子後來有沒有碰到這色彩的其他部分？小Ｆ沒有再聽說了。二毛他們對此緘口不提。只有一次，她問起小莊，對方嘻嘻一笑，指了指紅牆邊的人流說：

「你別看瓷片不會動，但也來來往往和他們一樣，哪兒那麼容易！我過手東西無數，有的壺少了蓋子，有的梅瓶本是一對兒，只剩單個的，有對聯上少了字，有鐲子摔裂用銀子再鑲的，就是難有恰好被補全的，它們都在這門外面流動呢，誰又能說得準？」

小Ｆ順著他的手指望去，一片陽光從門的頂端灑下，將過往匆匆行人籠在白色之內，讓他們化為黑色的重重身影，從外面進來，又從裡面出去，接踵不斷的。她不由打了個呵欠，再也不想這事。

*

這李推子，小F沒碰到過。無論有沒有繼續鑽研瓷片，等大家再次注意到他，已是他從電視機廠下崗之後的事了。每到週末熱鬧了，他就騎了小三輪，載著臉盆、架子、一把木椅子和幾塊乾淨白布，在小陳餛飩旁邊擺個理髮攤子，不管男女老少，一律嘩嘩用推子打發了，保證您爽利。刮鬍子也成，先和小陳借盆開水，就著一塊力士肥皂在毛巾上打出泡沫，給你滿腮塗上，刷刷刀風過後，顧客站起身來，摸到的下巴總光溜溜的，走幾步，面頰上便隱隱飛起肥皂香。

他最受聽戲下棋的老頭兒歡迎。有時候來得早了，或對戰等輪的間隙，都能去李推子的木椅子上坐著，修修面、敲敲背也是好的。偶爾棋局結束得突然，大家便招呼起來，「哎喲，怎麼頭髮沒理完啊，那就下一個，輪不到你啦！」

木椅子上的老頭兒被李推子按著，動彈不得，居然也能急出一頭汗，只能高喊著：「你們都別動，我就來了！」

一群人嘻嘻哈哈的調侃起來，「活該，我們接著廝殺，誰讓你要老來俏……」

李推子這時就會把剃刀拿開，看老頭蹦達一陣子，接著輕聲細語的說：「別動了別動了，再急我心也慌了，把臉刮破了就不划算了啊。」

老頭兒唉唉直嘆：「等輪到我還不知道什麼時候了，他媽的這群老桿子！」

剃頭的人微微一笑：「棋局嘛，總有完了的時候。不忙。」

到了太陽落山，人也都散了，李推子就自己坐在椅子上，伸開腿，順手把幾塊布上的碎頭髮抖落，再都疊好了。光線黯淡，小陳也快要把電燈拉上點起來了，旁邊祖傳祕方專治雞眼的，穿了袍子假裝西藏人拿狗骨頭充虎骨的，澆糖稀捏泥人的，都也陸陸續續離場了。他倒是要再等等，等朝天宮保安放狼狗鎖門，古玩販子依次出來，他不起身，只是隔老遠打聲招呼，問問有沒有新來什麼東西。

大家知道他有點兒「迷」，也就好心好意回答：

「老東西難找了，瓷器更少，好久沒鏇到好貨啦。」

他不追究，口裡應著聲，再歇上一小會兒，就把東西都搬上三輪，慢悠悠的騎遠了。

李推子勤快，週末也不全在朝天宮，平日裡更是跑整個南京城裡找生意，神出鬼沒的，老馬在賽虹橋碰到過他，還有人說他有時會待在丹鳳街菜場東邊那頭，偶爾他的身影也出現於夫子廟花鳥市場周邊。至於去沒去過草場門，那就不得而知了。

王二毛這麼一提，老馬連連否認，辯解說自己為了過年，特別去店裡面理了個好看的。小Ｆ倒有點懷疑，家附近的理髮店人多排不上隊，都是為了趕在年前有個新氣象的，她去了橋下面的攤子，碰到的是一位中年人，話很少，拿著個推子。推子理髮的特點就是：男男女女，只要您是短髮，那保準推完了爽利，全都像一個模子裡刻出來的。小Ｆ想起當時坐在椅子上，冬天的風從橋洞下面急匆匆的過去，和風一起的，還有下班的人流大軍，理髮師傅沒抬眼，手也不抖，全副心神放在小Ｆ這顆腦袋上，專注至極，只是到最後笑說了一句：

「好了，就給五塊錢吧。」

*

說話間，老白進了門，他帶了幾枝自己捻的越南沉線香，往二毛店子最裡面的菩薩跟前一插，連拜了幾拜，嘿嘿笑著說：「王老闆最精明，今天好日子，帶著大家都發財啊。」二毛臉紅了似的，說了聲：「屁。」然後向外面張望了幾眼：「奇怪，大家和管理處合請的獅子怎麼沒到啊。」

朝天宮管理處只由幾個保安組成，上下午輪流晃悠，漸漸也薰陶出眼力，再加上他們管著狼狗呢，故而看上了什麼東西，價格都不是問題，買賣做著，這幫古玩販子還得笑瞇瞇敬根菸抽。小F見過其中一個戴了只白玉束腰的戒子，上面一道裂紋都沒，一丁點兒棉都瞧不見，線條玲瓏，邊緣處沾了絲紅沁，正宗明代東西。這會兒過年期間，天氣又冷，還沒見他們報到呢。

而朝天宮裡裡外外現在正是最熱鬧的時刻。賣鳥籠子的也來湊熱鬧，在牆的西邊擺放了一長溜兒，從養八哥的大籠子，到金翅站的架子，一應俱全，就連蟈蟈籠子、蛐蛐葫蘆都有。老白這麼說著，然後頗攛掇的轉過頭，小F，咱們一起看看去？

二毛一手攔下，笑著講：「人家是看上你爸手裡那點紅土沉了，別理他個舌搭子，就嘴甜。」老白正是想用片速香加上越南沉香做一款新的線香出來，片速香便宜，長得快，味道比較清淡，而後者就不同了，濃郁悠長，兩者摻在一起，價格不至於離譜，點起來正好，不會香得暈了。老白的心思被戳破，也就不好再說，站在旁邊，卻還不死心朝二毛嘟囔一句：

「沒想到你這人聞了我的香，嘴還臭得和烏龜一樣。」

慢慢的，幾個熟客也來了，最後一個進門的是二毛的生意夥伴，他姓孫，不高，瘦，大冬天還剃著個小平頭，眼睛黑漆漆的，是和小莊並列的美男子。

「要是我們還年輕，這頭銜怎麼落到他倆身上啊。」老馬彈掉一根菸屁股。

「就是，成家早，被糟蹋了。」二毛也顯得不甘心。

小孫一笑，從包裡掏出一個朝冠耳的小琴爐，翻過來一看，是琴書侶款，又變出件鎏金怪獸銅水注，頭上長角，尾巴幻化成火焰紋，整個銅色都發出豔豔的紅來。眾人不禁低呼一句：

「好文玩！」

「二毛，這瑞獸腳趾上缺了一小塊，被我用點東西補好了，上了點硃砂鉛粉，你看還行？」

小F才想起小孫平日裡不露面，是二毛放他在家裡細研各類修補法，要說他們倆湊一起染皮色或者做舊也不是不可能。撫順過來的琥珀，丟土裡埋一埋，再用藥水一泡，微微加熱，便成了剛從大內偷來上面有片片冰裂紋的朝珠；就算不亂弄，新嶄嶄和闐把件，如童子或是福至心靈那種（蝙蝠趴兩隻菱角上），用手掌反覆摩挲，再拿毛刷子刷刷，也可把脂份湊足。二毛搞這些，都是真才實料，你說不厚道？呸，現在原料得有多貴。

人家閉眼瞎賣青海料和俄羅斯白料，能充羊脂玉，用大刷子掃兩下再抹點油犯法了麼？

這麼說來，小孫與二毛的搭配是文武雙全，兩人互為左膀右臂了。

＊

眼見要到中午，雪停了，天色卻更暗了，小F出去買了個烤山芋用來焐手，店裡人多，熱騰騰，有人剝了蘆柑來吃，香得很。王二毛在等著什麼人來似的，一直往門口張望，大家照舊吃茶閒聊，不一會兒腳底全是瓜子殼，桌子上好多菸屁股。

又過了半晌，二毛說：

「哎，閒得慌，給大家看點好東西？」

眾人就紛紛把腦袋湊到櫃檯上。二毛從保險櫃裡拿出一個錦布盒子，小孫閒閒微笑著，大概早就上手過好多次了。打開盒子一瞧，東西被衛生紙包得嚴嚴實實，小莊罵：

「寒酸，都和老馬學的吧，用上廁所的紙包好東西。」

二毛把東西取出來，眾人屏住呼吸，他反倒停了，故弄玄虛：

「我這叫小心謹慎，你見過人家怎麼在天津偷東西的麼？」

二毛去過一次天津的過年大市集，他說：

「有朝天宮三倍大，你們想想，那排場！」

那是在八〇年代末的事，各地倒爺，各種家傳之寶，翻了花樣的河南仿冒品，熙熙攘攘擺滿了好大的一塊地界，看得人眼花撩亂，不分真假。當然也有鄉巴佬土老冒，把祖上捨不得拿出來的東西也帶了。站在那場子上，容易散神，方方面面是聲音，是人影，是大小玩物，是身外之物。

二毛懷裡揣著一個正陽綠的扳指，手捧一只康熙五子戲圖的青花大罐子，他剛入這行沒多久，希望賣個好價錢做本的。真是亦步亦趨，馬虎不得。

在人堆裡擠著，就看到出事兒了。偷東西！

偷什麼？偷大桌子！

「大桌子也能偷啊！」小F驚嘆。

那是，賣桌子的人也不知道哪裡的，東西是好，桌子面是整一張的紫檀木，嵌螺鈿、和闐玉、小翡翠片，拼出不知是《西廂記》還是《牡丹亭》的什麼場景。四個腿是黃楊木。工手好，也完整，應該是從老房子裡直接拖來的。人家也曉得這大集市凶險，特地找了根繩子，一頭拴桌子腿上，一頭拴自己腿上，桌在人在！

「那還怎麼偷啊！」

怎麼不能偷？後面突然來一人蒙住眼睛，用侉子腔問：

「猜猜我是誰？」

賣桌子的也急了，無奈對方手勁真大，一雙手掌扒在眼皮子上，動一動眼前直冒金星，疼得慌，他只能大叫：

「我不認識你啊。」

無奈啊，人聲像潮水湧來，他的聲音也就這麼丟了。

「不可能吧，鄉裡鄉親的，一出門做買賣就不認識了呀，不仗義。」

王二毛說得口沫橫飛。

「我偏要你猜猜我是誰！」

好，猜就猜吧。

「馬二麻（第一聲）子？」

「不對，您老記性不好了？」

「莊（第三聲）大傻子？」

「對不起了您喲，又錯了。」

這邊正猜著呢，那邊一群人已經把繩子套在大石頭墩子上，快手快腳把桌子搬走了，六個壯漢，那麼大個兒的桌子，搬得氣喘吁吁，老遠能看到他們頭上的熱氣，但腳下絲毫不鬆勁，片刻便消失得無影無蹤也。

對方這才鬆手：

「哎喲，老兄弟，看錯人了，對不住了啊，老兄弟。」

施施然要走。那鄉下佬回頭一看，大桌變石頭，著急要追，但怎麼都挪不動，繩子捆死了呀。只能繼續喊：

「你把桌子偷走了！」
「老兄弟，我哪隻眼睛也沒看到你有大桌子呀。」
二毛繼續講：
「馬二麻子，莊大傻子，你們看到沒？」
「敢情你是在剽我們！」
那兩人恍然大悟。

*

王二毛這才緩緩打開外面包著那層，有年老的熟客喔喲了一聲。東西拳頭般大小，是個玉琮，地方玉，質地已熟透了，四方刻了獸面，孔裡還留了灰皮，怎麼看，都是大開門，對路子。
東西的主人不免得意：
「怎麼樣，良渚的。」
二毛不小氣，就連小F也上了手，玉琮沉甸甸，陰涼涼，她趕緊又遞到老馬手裡。這一秒，外面頃刻間鑼鼓炸響，原來是舞獅子的人到了。

獅子在灰色的冬天裡卻顯得尤其鮮亮，從雲層裡投下的光線，好似片刻未曾耽誤，皆從那片紅綠金色的鱗甲上直接反射入眾人眼中，遠遠看著，他們像是從天上下來的。領頭兩隻獅子上下竄動，旁邊一隊人吹吹打打，鈸鐃鼓鈴全番上陣，從朝天宮正門進來，直拐到東邊迴廊賣懷錶的老八店門口，再一家一家的轉過來。

這朝天宮，從櫺星門到後面那道收門票的木門之間，其實是個庭院結構，兩邊迴廊，中間新立了孔子像，除此之外，還散落著好幾棵四季常綠的大雪松，對稱兩邊離迴廊不遠的地界，搭了長篷子，有淘換銅錢，買賣翡翠，專收毛主席像章的流動攤位，也有常駐的，與小F相熟的是刻章的鍾叔叔，倒雜項的張家，以及賣雨花石、珊瑚、假山和紫水晶的河南常家。迴廊的屋子裡頭，盤踞著二毛這種老油條。而櫺星門之外，聚集了每逢週末或者過年才趕來的外地人。獅子不舞給外地人看，只有迴廊裡的出了錢，它們就直接一頭扎進廊子裡了。

廊子之中的房屋還保持著清代時重修以後的風貌，不過雕花的木頭梁子有的快爛了，有的，像二毛店裡的，被菩薩前的香火和煙氣熏得漆黑。古玩販子一家占據一間，頗有味道，有兩間大屋子，足可算是廳堂，隔著中庭面對面，分別是玩瓷器的老何家和賣石頭章料的福建李家。夏天時，他們把不知道哪個老房子裡的石頭魚缸搬到正中央，養鯉魚，栽案頭蓮，一陣大風，涼意逼人，颳得兩幅竹片的文房對聯叭啦響，甚為愜意。

早在年前，那聯子便換成了：

「農事未休侵小雪，佛燈初上報黃昏。」

大家紛紛探頭看那獅子，每家都給了賞錢。獅子到了跟前，其實鬧得慌，樂器好大聲，不知道什麼時候，加了把嗩吶進去，樂手鼓足了勁，吹出好幾個花兒，估計平日裡也沒機會施展，又有小雪飄落，像是從雪松頂上震下來的。有的店點了燈，獅子的輪廓襯得模糊起來，突然顯得很大，又猛得變為極小極遠，小F被吹得暈頭轉向，之後想起來，好似在夢中。

終於，獅子到了二毛跟前，張大嘴巴，鼓起眼睛，搖頭擺尾了一陣子。大夥起著鬨，塞過去幾個紅包，這一趟它們也走得也差不多了，二毛的店靠在迴廊末尾處，每年他都喜孜孜覺得財神轉了一圈，積累的福氣都到他家，這次也不例外，等他回過身，臉上還是笑的。

這一回身，不好。

良渚玉琮憑空失蹤也。

*

保安平時吃了不少好處，很快就來了，二毛坐在躺椅上，面上說不出什麼表情。只是講：

「不用查了，偷東西的早跑啦，這裡都是好朋友，沒問題。唉，是我今天忘記拜菩薩了。」

原來他這玉琮早給人看上了，是個挑腳子的浙江人，東西不錯，對方請了在博物院工作的朋友掌了眼，楞是看不出毛病。就是價格談不攏，對方要誠心地板價，多年兄弟價，二毛嘴巴緊，死咬著說得給二百塊。

如果在朝天宮裡混久了，就會知道用來講價格的單位非常含混，一毛錢有時是說十塊錢，依此類推，一塊就是一百。人家說這叫古玩行裡的黑話。

小F算來算去，也不知二毛這玉琮賣得貴還是便宜，大概是搞錯單位了，她想。價格談不攏，那也沒關係，約好時間，給小偷一筆款子，幫忙把東西偷出來。

總要比買的實惠。

「這幫開飯館建浴場的浙江人！」老馬恨恨罵著。

二毛仍然心事重重，勉強站起來手一揮：

「走走走，不做生意了，等我把門鎖好，請大家吃皮肚麵去。」

天色晦暗，一群人就這麼晃晃蕩蕩走出去。外面的熱鬧絲毫沒減退，常裡不玩古董的市民們也趁著過年，一家三口起腳來到朝天宮，賣氫氣球、轉糖稀的攤子前面聚了好大一群人，那邊推銷小家電的用喇叭播著廣告，更有賣蒸兒糕、糖藕和羊肉串的，就連放花燈的也來湊熱鬧，那是為了元宵節，哎，還早著了呢不是。

沒能趕回家的打工仔圍在市集另外一頭的空地上，那兒有個露天卡拉OK的台子，正唱得熱火朝天，不光台上的唱，台下人幫忙全體和聲。在冬天裡聽起來暖得很，卻又偏偏透出一絲悲壯淒涼的意味來。

二毛勾著小莊的肩膀，一邊走一邊還在地攤上掃兩眼，老馬忙著告訴小F哪些是精仿，哪些是低仿，這年頭，眼見真貨越來越少了，滿地都是花花綠綠染了色的石頭。小孫則先去皮肚麵店占了桌子。

皮肚麵是一對兄妹開的，原先是兄妹，後來就變成了夫妻。大家談到這事，都會心一笑，話這世間，在外飄泊的兄妹，有幾對真，有幾對假？店就開在朝天宮前頭的街上，原先只是賣麵，後來做出名氣，開始兼賣皮肚，另請了個廚師在後面的灶台煮麵。老遠就看到老闆娘坐在門口把一袋袋皮肚紮好，人家都說他們家做的好吃，用葵花子油炸出豬皮，能吸高湯，軟又彈牙。老闆娘坐在如山的皮肚裡，對他們笑了一下。

這家的口氣也頗大，門口掛了個粉筆寫的牌子，曰：

三不賣。

討價還價不賣。

短斤少兩不賣。

質地不優不賣。

一夥兒人也餓了，再加上吃王二毛，人人點了大碗的，皮肚多放少點麵，加臘腸片，加青菜，要香菜，多來點湯！

等麵上來了，沒人抬頭，依次往碗裡擱了辣椒油、白胡椒、醋，便大吃起來。小F喜歡和他們吃飯，可以心安理得用極大聲吸溜麵條。

吃得差不多了，王二毛突然停下來，念了一句：

「我也活該。」

「怎麼講？」

二毛大概是我們之中唯一一個在年前碰到過李推子的人，那時天剛冷起來，二毛跑了一趟龍王山的建築工地，收了一只已被推土機鏟扁了的金荷包，好事還在後面呢，他又在後面的土堆裡揀了個玉琮。

偷著笑回家，發現東西沒包好，一路小中巴開得快要飛起來，玉琮在包裡不知道怎麼的摔成三瓣兒了。於是二毛天天瞅李推子有沒有來，在崑劇院前面轉久了，連家傳祕方都看不下去，問說：

「這位，我就是說你，這位先生，你是不是有難言之隱又不好說啦，我這裡包治。」

二毛怒道：「老子好得很呢！」一句把人家打回去。

恰逢此時，李推子來了，連木椅子都沒有來得及從小三輪上拖下來，就被二毛捉去喝酒了。

「這活兒小孫做不了，李推子累得夠嗆，居然還是把那玉琮給黏起來了。也不知道他怎麼弄的，就中途差我買了趟牛羊血生石灰，說這麼黏表面不留膠皮，縫隙裡面也沒顆粒，就像天然的。」

「二毛你怎麼哄得李推子樂意為你操勞這事啊？」

「我許他一個精仿的元青花。」

「媽的，你缺德。」

二毛辯解說：「告訴他是精仿的了，他沒要。」

「後來我看他家裡還是滿地瓷片，就勸勸他，他說，精仿的不要，勸他的話收下了，算是謝禮吧。他年紀大了，眼睛花了，其實也玩不動了，說自己沒悟性。」

你勸他什麼啦？

我說啊，二毛喝了口麵湯，卻被裡面的辣椒子嗆得一陣咳嗽，面色潮紅，好久才緩過來，我就說啊，反正呢，大家都知道，玩這個，一輩子搭進去。

不過是過手如雲煙，過眼即擁有。

文學叢書 523

東課樓經變

作　　者　費　瀅
總 編 輯　初安民
責任編輯　林家鵬
美術編輯　林麗華
校　　對　吳美滿　費　瀅　林家鵬

發 行 人　張書銘
出　　版　INK 印刻文學生活雜誌出版有限公司
新北市中和區建一路 249 號 8 樓
電話：02-22281626
傳眞：02-22281598
e-mail：ink.book@msa.hinet.net
網　　址　舒讀網 http：//www.sudu.cc

法律顧問　巨鼎博達法律事務所
施竣中律師
總 代 理　成陽出版股份有限公司
電話：03-3589000（代表號）
傳眞：03-3556521
郵政劃撥　19000691 成陽出版股份有限公司
印　　刷　海王印刷事業股份有限公司

出版日期　2017 年 1 月　　初版
ISBN　978-986-387-139-2

定　價　280 元

國家圖書館出版品預行編目資料

東課樓經變 / 費瀅著；
--初版，--新北市：INK印刻文學，
2017.01　面；14.8 × 21 公分（文學叢書；523）
ISBN 978-986-387-139-2（平裝）
857.63　　105022752